CK HOLMES AMERICAIN

LES LOUPS DE DARKHENGE

Scénario
Richard D.Nolane

Dessin
Olivier Roman

Couleurs
Patricia Faucon

CRAAK
PAR UNE NUIT D'ORAGE DANS LA CAMPAGNE DU WILTSHIRE...
PAR DIEU !! IL ÉTAIT TEMPS DE RENTRER !

L'ARMATEUR BIEN CONNU EZEKIEL DOWDING, DONNE UNE PETITE RÉCEPTION POUR CLORE UN EXCELLENT WEEK-END DE CHASSE AVEC SES INVITÉS...
MES AMIS, MÊME SI NOUS N'AURONS PAS LE PLAISIR D'ADMIRER LA PLEINE LUNE CE SOIR, QUE CELA NE NOUS EMPÊCHE PAS DE GOÛTER À NOTRE GIBIER !
BRAVO !!
ET CET ORAGE QUI N'EN FINIT PAS !

UNE TOUTE AUTRE AMBIANCE RÈGNE DANS LES ÉCURIES.
IIIII
JACK !! VIENS M'AIDER !! L'ORAGE LES REND DINGUES.
IIIII

BRAOUMM
BON SANG !! CALME-TOI, FICHUE BOURRIQUE !

1

NON LOIN DE LÀ.
CRAK
GRRRR
GRRRRR
SOUDAIN...
WOUAWOU
CHUUTTT!!
QUE SE PASSE-T-IL, MA CHÉRIE ?!
PARDONNEZ-MOI, MAIS JE VAIS ALLER ME COUCHER. CET ORAGE ME DÉPRIME ET J'AI MAL À LA TÊTE!
ENCORE TOUTES MES EXCUSES, EZEKIEL. J'AI ADORÉ CE WEEK-END LOIN DE LONDRES.
VOUS ALLEZ NOUS MANQUER, CHÈRE JOAN. À DEMAIN.
BONNE NUIT, MA CHÉRIE!
2

BRAAAAAM
LE LONG DU MUR, TELLE UNE MONSTRUEUSE ARAIGNÉE.
J'ESPÈRE QUE MADAME PARVIENDRA À TROUVER LE SOMMEIL...

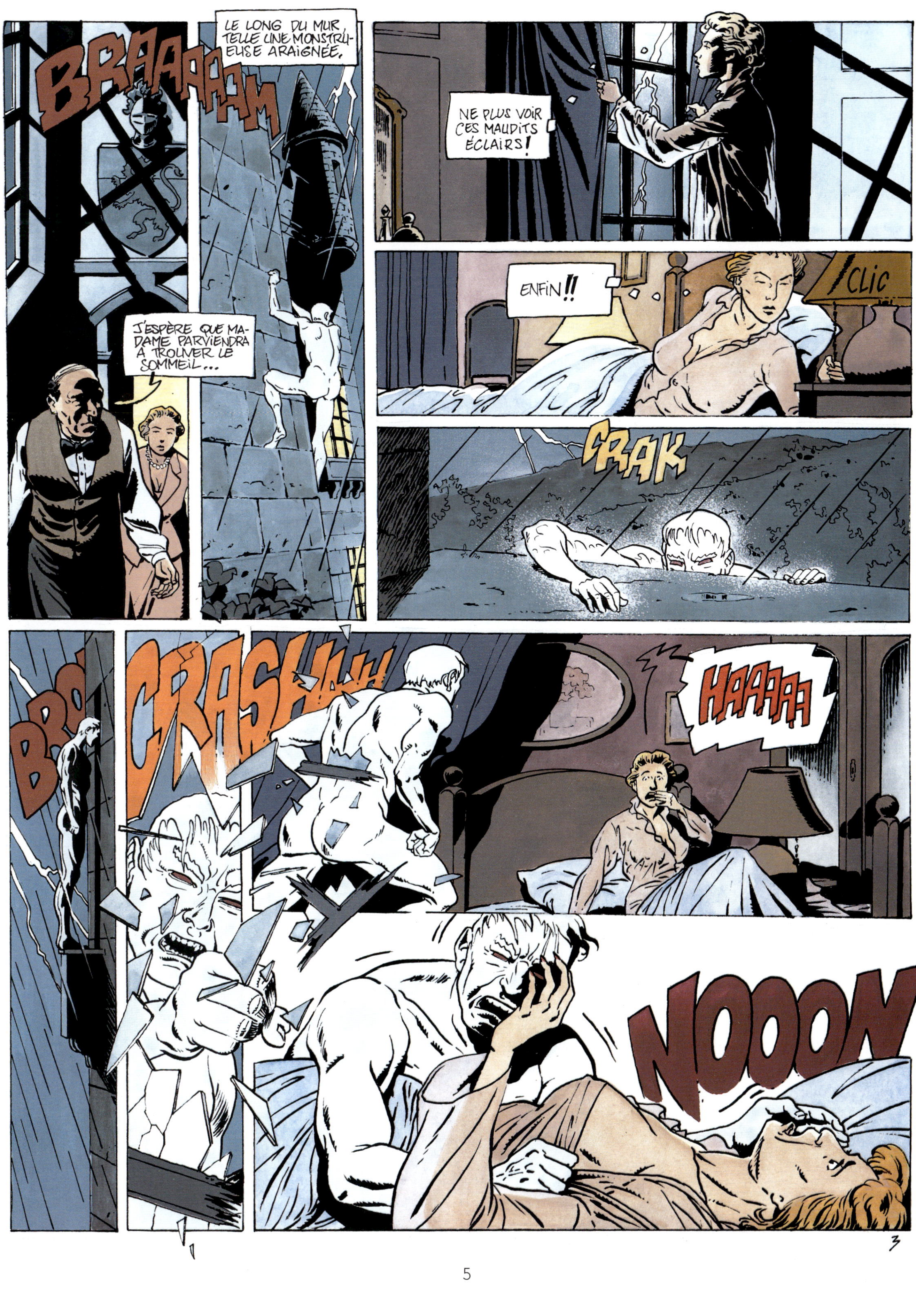

NE PLUS VOIR CES MAUDITS ÉCLAIRS!

ENFIN!!
CLIC

CRAK

HAAAAA
NOOON

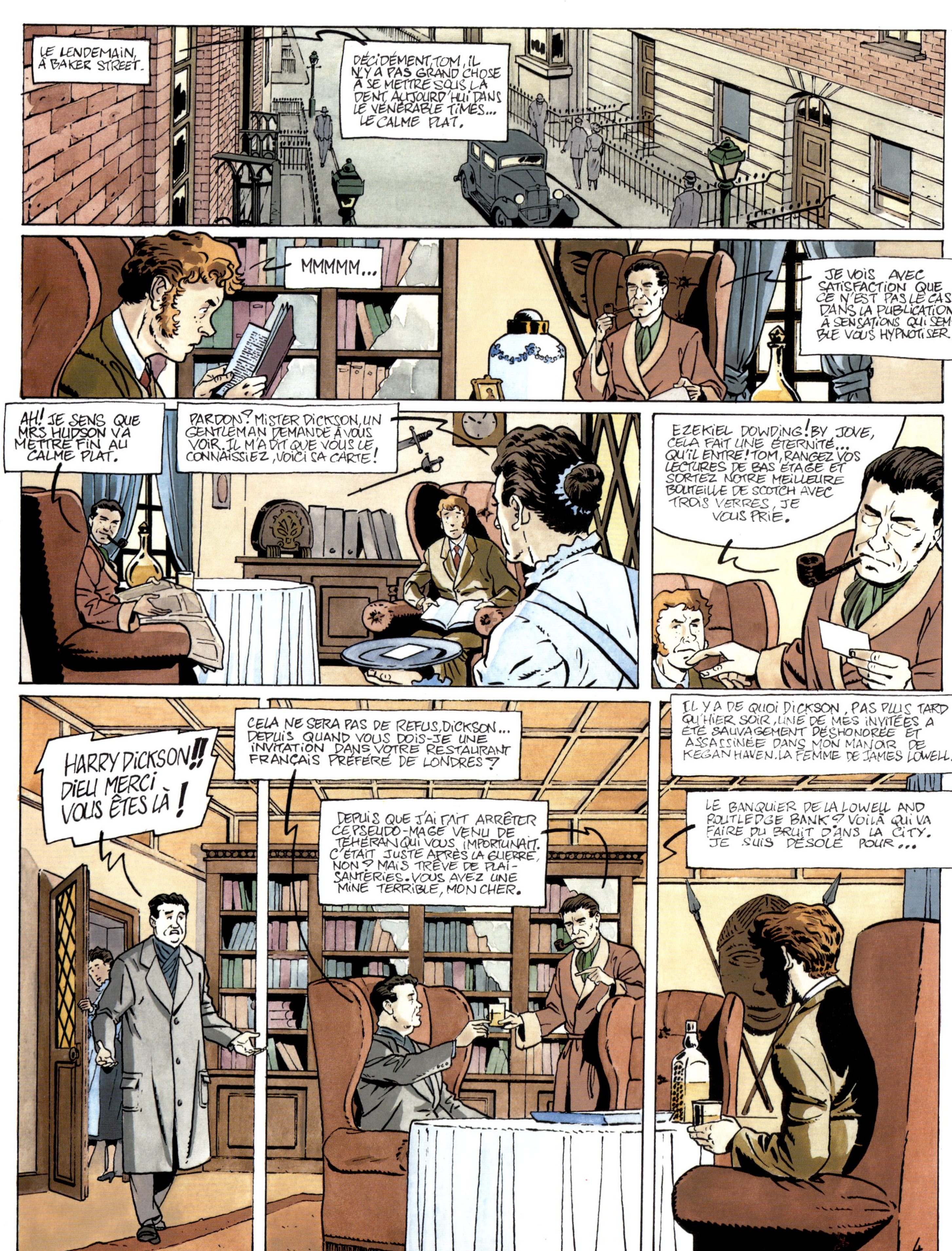
LE LENDEMAIN, À BAKER STREET.
DÉCIDÉMENT, TOM, IL N'Y A PAS GRAND CHOSE À SE METTRE SOUS LA DENT AUJOURD'HUI DANS LE VÉNÉRABLE TIMES... LE CALME PLAT.
MMMMM...
JE VOIS AVEC SATISFACTION QUE CE N'EST PAS LE CAS DANS LA PUBLICATION À SENSATIONS QUI SEMBLE VOUS HYPNOTISER !
AH! JE SENS QUE MRS HUDSON VA METTRE FIN AU CALME PLAT.
PARDON? MISTER DICKSON, UN GENTLEMAN DEMANDE À VOUS VOIR. IL M'A DIT QUE VOUS LE CONNAISSIEZ, VOICI SA CARTE !
EZEKIEL DOWDING! BY JOVE, CELA FAIT UNE ÉTERNITÉ... QU'IL ENTRE! TOM, RANGEZ VOS LECTURES DE BAS ÉTAGE ET SORTEZ NOTRE MEILLEURE BOUTEILLE DE SCOTCH AVEC TROIS VERRES, JE VOUS PRIE.
HARRY DICKSON !! DIEU MERCI VOUS ÊTES LÀ !
CELA NE SERA PAS DE REFUS, DICKSON... DEPUIS QUAND VOUS DOIS-JE UNE INVITATION DANS VOTRE RESTAURANT FRANÇAIS PRÉFÉRÉ DE LONDRES ?
DEPUIS QUE J'AI FAIT ARRÊTER CE PSEUDO-MAGE VENU DE TÉHÉRAN QUI VOUS IMPORTUNAIT. C'ÉTAIT JUSTE APRÈS LA GUERRE, NON? MAIS TRÊVE DE PLAISANTERIES. VOUS AVEZ UNE MINE TERRIBLE, MON CHER.
IL Y A DE QUOI DICKSON, PAS PLUS TARD QU'HIER SOIR, UNE DE MES INVITÉES A ÉTÉ SAUVAGEMENT DÉSHONORÉE ET ASSASSINÉE DANS MON MANOIR DE KEGAN HAVEN. LA FEMME DE JAMES LOWELL...
LE BANQUIER DE LA LOWELL AND ROUTLEDGE BANK? VOILÀ QUI VA FAIRE DU BRUIT DANS LA CITY. JE SUIS DÉSOLÉ POUR...
4

BON SANG, DICKSON, SI VOUS AVIEZ VU ÇA ! ON AURAIT DIT QU'ELLE AVAIT ÉTÉ AGRESSÉE PAR UN FAUVE ! SON CORPS PORTAIT DES MARQUES HORRIBLES SURTOUT AU NIVEAU DU... DU... ENFIN, VOUS VOYEZ CE QUE JE VEUX DIRE.
TOUT À FAIT. ON APPELLE ÇA LE SEXE. VOUS POUVEZ PRONONCER CE MOT, CHER AMI, LA REINE VICTORIA EST MORTE... UN DISCIPLE DE JACK L'ÉVENTREUR ?!

NON, NON ! IL N'A PAS UTILISÉ DE COUTEAU. LE Dr HAWTHORPE, QUI ÉTAIT AVEC NOUS, A DIT QUE TOUT AVAIT ÉTÉ FAIT AVEC LES DENTS ! MÊME POUR LE CHIEN !!

LE CHIEN ?!
AVANT DE PÉNÉTRER DANS LE MANOIR, CE MONSTRE A ARRACHÉ LA GORGE DE ROLF ! UN MOLOSSE DE LA TAILLE D'UN VEAU !!

MON CHER TOM, J'ESPÈRE QUE VOUS N'AVIEZ RIEN DE PRÉVU POUR DEMAIN. NOUS PARTONS POUR KEGAN HAVEN.
C'EST DRÔLE, JE COMMENÇAIS À M'EN DOUTER.

DICKSON, LA POLICE LOCALE EST AU COURANT MAIS J'AI OBTENU QU'ELLE N'ÉBRUITE PAS L'AFFAIRE. VOTRE PRIX SERA LE MIEN...
CE SONT DES CHOSES À NE JAMAIS DIRE À UN DÉTECTIVE PRIVÉ. POURQUOI VOULEZ-VOUS ÉVITER LA PRESSE ?

PAS POUR MOI. ENCORE QUE JE VOUDRAIS ÉVITER DE VOIR LES JOURNALISTES AU MANOIR. NON, C'EST POUR JAMES LOWELL. CETTE HISTOIRE LUI A FAIT PERDRE LA RAISON, IL A ÉTÉ ENFERMÉ DANS UN ASILE. VOUS VOUS IMAGINEZ CE QUE DEVIENDRAIT SA BANQUE SI CELA SE SAVAIT AVANT QU'IL NE REVIENNE À LUI-MÊME !!

NOUS PRENDRONS LE TRAIN DEMAIN. ATTENDEZ-NOUS DANS L'APRÈS-MIDI !
DICKSON, JAMAIS JE N'OUBLIERAI CE QUE VOUS...
NON, CETTE FOIS, JE VEILLERAI À CE QUE VOUS N'OUBLIIEZ PAS LE RESTAURANT FRANÇAIS.
5

MISTER DICKSON, JE SUIS DÉSOLÉE, MAIS IL Y A CETTE JEUNE FEMME EN BAS ET ELLE VEUT ABSOLUMENT VOUS VOIR ! À CETTE HEURE-CI ! QUEL MANQUE DE SAVOIR-VIVRE !

TOM, À VOIR LA DÉSAPPROBATION QUI SE LIT SUR LE VISAGE DE MRS HUDSON, ON DIRAIT BIEN QUE VOTRE AMIE JOURNALISTE PASSE PRENDRE LE DIGESTIF...

TANIA !? JE...

TRÈS CHÈRE MRS HUDSON, QUE VOULEZ-VOUS, LES VALEURS SE PERDENT, DE NOS JOURS. MAIS DANS UN AUTRE SENS, TOM ET MOI AVONS APPRIS À CONNAÎTRE LES QUALITÉS DE CETTE JOURNALISTE UN PEU, COMMENT DIRE... DÉLURÉE ?!
UNE SUFFRAGETTE, OUI !! SI JE COMPRENDS BIEN, JE LA LAISSE MONTER ?
DÉCIDÉMENT, ON NE PEUT RIEN VOUS CACHER !

MERCI, TOM. JE PRÉFÈRE ÇA AUX BREVAGES SIRUPEUX QU'UNE FEMME DU MONDE EST CENSÉE AIMER. VOUS PARTEZ EN VOYAGE ?
LE TRAVAIL, QUE VOULEZ-VOUS, MISS SYMONS ! QUE NOUS VAUT L'HONNEUR DE VOTRE VISITE ?

J'AI UN PROBLÈME ET JE SUIS VENUE VOUS DEMANDER VOTRE AVIS, MISTER DICKSON. JE DEVAIS INTERVIEWER UNE DAME DE LA CITY POUR DÉPANNER LE RESPONSABLE DE LA RUBRIQUE SUR LA VIE SANS INTÉRÊT DE LA BONNE SOCIÉTÉ ET ELLE A DISPARU DE LA CIRCULATION. À VOIR LA TÊTE DU MAJORDOME, J'AI L'IMPRESSION QU'IL LUI EST ARRIVÉ QUELQUE CHOSE DE GRAVE.

ET VOUS VOUS ÊTES DIT QUE J'ÉTAIS PEUT-ÊTRE AU COURANT ?!
JOAN LOWELL DEVAIT PASSER LE WEEK-END À LA CAMPAGNE AVEC SON MARI CHEZ UN CERTAIN EZEKIEL DOWNDING. QUAND J'EN AI PARLÉ TOUT À L'HEURE À MON RÉDACTEUR, IL M'A DIT QU'IL SE SOUVENAIT QUE VOUS AVIEZ RÉSOLU UNE AFFAIRE ROCAMBOLESQUE POUR DOWNDING IL Y A QUELQUES ANNÉES ET QUE JE N'AVAIS QU'À ALLER VOUS VOIR C'EST UN DE VOS ADMIRATEURS, MÊME S'IL NE VEUT PAS L'ADMETTRE.

UN ADMIRATEUR ENCOMBRANT. VOUS N'INTERVIEWEREZ PAS JOAN LOWELL CAR ELLE A ÉTÉ ASSASSINÉE HIER SOIR !!
MAIS !
IL FAUT SAVOIR NE PAS LUTTER CONTRE L'INÉVITABLE, TOM : MISS SYMONS SEMBLE AVOIR ÉTÉ MISE SUR TERRE POUR CROISER MON CHEMIN.
LES BAGAGES !! VOUS PARTEZ ENQUÊTER LÀ-DESSUS, HEIN ?! ALORS JE VIENS AVEC VOUS !! ET PROMIS, COMME D'HABITUDE JE N'ÉCRIRAI RIEN SANS VOTRE AUTORISATION...

HEY ! DICKSON ! JE SUIS LÀ !!
BY JOVE !! UN INSTANT J'AI CRU QU'ELLE ALLAIT MANQUER LE TRAIN !!
JE VOUS RAPELLE QUE, SACHANT OÙ NOUS ALLIONS, ELLE N'AURAIT PAS TARDÉ À NOUS REJOINDRE.

MY GOD, JE NE ME FERAI JAMAIS À LA LENTEUR DES TRAINS ANGLAIS !
NE VOUS PLAIGNEZ PAS, IL Y A CENT ANS, ON METTAIT UN CAVALIER DEVANT AVEC UN DRAPEAU ROUGE POUR OUVRIR LA ROUTE...
AH, CE DOIT ÊTRE EUX !! MAIS QUI EST CETTE FEMME ?!
MISTER DICKSON ?
EN EFFET ! VOICI MISS SYMONS ET TOM WILL QUI M'ASSISTENT.
BIEN. MON NOM EST LESTER. LAISSEZ-MOI PRENDRE VOS VALISES.
JUSTE CELLE DE MISS SYMONS, LESTER. POUR NOUS, ÇA IRA !
QUEL BONHEUR DE RESPIRER L'AIR DE LA CAMPAGNE, VOUS NE TROUVEZ PAS, TOM ?
C'EST ENCORE PLUS VIVIFIANT EN VOTRE COMPAGNIE !!
QUAND VOUS AUREZ FINI DE FAIRE LE JOLI COEUR, TOM, VOUS POURREZ PEUT-ÊTRE AIDER LESTER AUX BAGAGES.
KEGAN HAVEN
LESTER, AVEZ-VOUS REMARQUÉ QUELQUE CHOSE DE PARTICULIER, LE SOIR DU MEURTRE ?
PAS PLUS QUE LES AUTRES, MONSIEUR. PERSONNE NE S'ÉTAIT RENDU COMPTE DE RIEN SUR L'INSTANT. CE N'EST QUE LORSQUE ROB, LE PALEFRENIER A RETROUVÉ LE CORPS DE CE PAUVRE ROLF QUE MONSIEUR A DEMANDÉ À CE QU'ON INSPECTE TOUT LE MANOIR...
TOUJOURS PONCTUEL MISTER DICKSON !
AVEC UN TRAIN PAR JOUR POUR KEGAN HAVEN, IL VAUT MIEUX L'ÊTRE, CHER AMI !!
MISS SYMONS EST UNE JOURNALISTE QUI, CHOSE RARE, SAIT CE QUE LE MOT CONFIDENTIEL VEUT DIRE. VOYEZ-VOUS, ELLE DEVAIT FAIRE UNE INTERVIEW DE JOAN LOWELL... ET COMME IL EST DIFFICILE DE CACHER QUOI QUE CE SOIT À CETTE JEUNE PERSONNE, AUTANT AJOUTER SON INTUITION FÉMININE À NOS ARMES.
MAIS QUI EST... ?
J'AURAIS PRÉFÉRÉ ENTENDRE PARLER DE MON INTELLIGENCE, MAIS JE SUPPOSE QUE JE DOIS CONSIDÉRER DÉJÀ ÇA COMME UNE FLATTERIE, NON ?
ET DU CARACTÈRE, AVEC ÇA... BIENVENUE CHEZ NOUS, MISS SYMONS.

LE CORPS DE JOAN LOWELL EST DÉJÀ À LONDRES ET IL VA ÊTRE IMPOSSIBLE DE RETARDER L'ANNONCE DE SA MORT. QUANT À SON MARI, JE L'AI CONFIÉ À UN AMI QUI DIRIGE UNE MAISON DE REPOS NON LOIN D'ICI. C'EST JAMES QUI A TROUVÉ SA FEMME ET IL EST PROSTRÉ DEPUIS.
DE TOUTE FAÇON, IL NE NOUS AURAIT GUÈRE ÉCLAIRÉ COMME TÉMOIN, PUISQUE LESTER M'A DIT QUE LE MEURTRE N'AVAIT ÉTÉ DÉCOUVERT QUE PLUS TARD.
IL NE NOUS RESTE PLUS QUE LE CHIEN...

VOUS NE CROYEZ PAS SI BIEN DIRE, TOM. J'ESPÈRE QUE VOUS AVEZ GARDÉ SON CADAVRE ?!
OUI, COMME J'AI PENSÉ QUE ROLF VOUS INTÉRESSERAIT, JE L'AI MIS DANS NOTRE ARMOIRE RÉFRIGÉRANTE À LA CAVE. JE VAIS DEMANDER QU'ON LE SORTE APRÈS LE DÉJEUNER.
VOILÀ UNE BONNE IDÉE !

MONSIEUR, LE SERGENT FREDERICKS VIENT D'ARRIVER !! IL DÉSIRE VOUS PARLER DE TOUTE URGENCE, M'A-T-IL DIT.
AH !! J'AI PEUR QUE LES COMPLICATIONS N'ARRIVENT...
NON ! C'EST AUSSI BIEN COMME ÇA ! LAISSEZ-MOI FAIRE, VOULEZ-VOUS ?

MONSIEUR DOWDING !! JE SUIS DÉSOLÉ DE VOUS DÉRANGER, MAIS...
SERGENT, VOUS PRENDREZ BIEN UN VERRE DE CE PUR MALT QUE VOUS AFFECTIONNEZ EN BON CONNAISSEUR, N'EST-CE PAS ? ET PERMETTEZ-MOI DE VOUS PRÉSENTER MES AMIS.

LE HARRY DICKSON !! JE... EH BIEN !!
N'EN FAISONS PAS UNE AFFAIRE D'ÉTAT, SERGENT, ET CONSIDÉRONS QUE NOUS SOMMES DES SORTES DE... CONFRÈRES, SI VOUS N'Y VOYEZ PAS D'INCONVÉNIENTS. EN FAIT, J'ALLAIS JUSTEMENT VOUS CONTACTER POUR VOIR COMMENT NOUS POURRIONS COORDONNER NOS ENQUÊTES.
ET MENTEUR AVEC ÇA, LE GRAND DÉTECTIVE !!

C'EST À DIRE QUE JE VENAIS JUSTEMENT VOIR MONSIEUR DOWDING, CAR IL M'EST IMPOSSIBLE D'ATTENDRE PLUS POUR CONTACTER LA POLICE CRIMINELLE. JE JOUE MA CARRIÈRE !!
540

PEUT-ÊTRE PAS DANS LE SENS QUE VOUS CRAIGNEZ, SERGENT. AVANT CE SOIR, MON VIEIL AMI, LE SUPERINTENDANT GOODFIELD DE SCOTLAND YARD, SE FERA UN PLAISIR DE VOUS COUVRIR SI VOUS CONSENTEZ À M'AIDER. ET QUAND TOUT SERA TERMINÉ, JE SUIS PERSUADÉ QUE MISS SYMONS SE FERA UN PLAISIR DE VOUS CITER DANS SON ARTICLE EXCLUSIF !

VOUS VOYEZ, SERGENT, TOUT S'ARRANGE !

8

VU SOUS CET ANGLE!
BON, JE PROPOSE QUE NOUS PROFITIONS DE LA PRÉSENCE DU SERGENT POUR FAIRE LE POINT. SI NOTRE HÔTE N'Y VOIT PAS D'OBJECTION, NOUS POURRIONS ALLER INSPECTER LES LIEUX.
L'AGRESSEUR EST PASSÉ PAR LÀ AVANT DE SAUTER SUR LE CHIEN. MMM... AVEZ-VOUS TROUVÉ DES TRACES DE L'AUTRE CÔTÉ DE LA HAIE, SERGENT?
AUCUNE, MONSIEUR... APRÈS L'ORAGE, TOUT ÉTAIT DÉTREMPÉ SUR DES MILLES À LA RONDE, ALORS...
RIEN DE SPÉCIAL AVEC LA NICHE ET LA CHAÎNE, APPAREMMENT!
COMME J'AI TOUT LAISSÉ EN L'ÉTAT... J'AI DÛ FERMER LES VOLETS DE LA CHAMBRE.
APRÈS AVOIR TUÉ LE CHIEN, IL S'EST DONC PRÉCIPITÉ VERS LE MUR POUR MONTER JUSQU'À CETTE FENÊTRE... AURAIT-IL PU UTILISER UN GRAPPIN ET UNE CORDE?
C'EST LA PREMIÈRE CHOSE À LAQUELLE J'AI PENSÉ... C'EST IMPOSSIBLE, CAR LE TOIT LISSE ET LE CHÊNEAU NE POURRAIT PAS SUPPORTER PLUS DE QUELQUES LIVRES.
ET... UNE ÉCHELLE?
LA SEULE QUE NOUS AYONS SE TROUVAIT DANS L'ÉCURIE ET LES PALEFRENIERS N'ONT VU ENTRER PERSONNE, ET JE VOIS MAL L'AGRESSEUR SE PROMENER DANS LA CAMPAGNE EN TRAÎNANT PAREIL INSTRUMENT.
ET AUCUNE TRACE DE PITON... DÉCIDÉMENT, NOUS AVONS UN SÉRIEUX PROBLÈME... IL VA FALLOIR PARTIR DU POSTULAT QUE NOUS AVONS AFFAIRE À UNE ESPÈCE D'HOMME ARAIGNÉE! EN FIN DE COMPTE J'AIMERAIS EXAMINER TOUT DE SUITE LE CHIEN... ATTENDEZ-MOI À L'INTÉRIEUR.
JE VAIS DEMANDER AUX PALEFRENIERS DE VOUS AIDER.
DANS LA CAVE...
PAUVRE BÊTE... C'ÉTAIT UNE TERREUR, MAIS ON L'AIMAIT BIEN QUAND MÊME!!
UNE TERREUR QUI A TROUVÉ PIRE QU'ELLE... VOTRE ROLF A ÉTÉ ÉGORGÉ EN QUELQUES SECONDES. REGARDEZ, SON CORPS NE PORTE PAS LA MOINDRE TRACE DE LUTTE, EN DEHORS DES MORSURES AUTOUR DE LA PLAIE!! C'EST BON, J'EN AI ASSEZ VU.
9

SÛR!! LES CHEVAUX SONT DEVENUS CINGLÉS. PAREIL POUR LES CHIENS DE CHASSE QUI SONT DE L'AUTRE CÔTÉ DU MANOIR!
OUI ET POURTANT ON A CONNU PIRE COMME ORAGE... ET SI ÇA REND TOUJOURS UN PEU LES CHEVAUX NERVEUX, LES CHIENS S'EN SONT TOUJOURS MOQUÉS.
ATTENDONS ENCORE UN PEU AVANT DE L'ENTERRER ON NE SAIT JAMAIS. AU FAIT, MESSIEURS, AVEZ-VOUS REMARQUÉ QUELQUE CHOSE D'INHABITUEL L'AUTRE SOIR?

DONC, SI JE VOUS SUIS BIEN, ILS AURAIENT... SENTI LA PRÉSENCE DU TUEUR?
C'EST CE QUE JE PENSE! ET ÇA LEUR A FICHU UNE FROUSSE DU DIABLE! ROB A BEAU DIRE, MOI, J'AIME PAS ÇA, SI VOUS VOULEZ MON AVIS!

ALORS?
MERCI, ÇA NE SERA PAS DE REFUS. LA BLESSURE DE VOTRE CHIEN M'A CONFIRMÉ CE QUE JE PENSAIS.
VOUS AVEZ UNE PISTE?
PAS ENCORE, CAR CETTE HISTOIRE TIENT DE MOINS EN MOINS DEBOUT!!

SI NOUS NOUS CANTONNONS AUX PREMIÈRES CONSTATATIONS, NOUS NOUS TROUVONS DEVANT UN INTRUS DE GRANDE TAILLE, DOUÉ D'UNE FORCE PHYSIQUE EXTRAORDINAIRE ET QUI TUE AVEC SES DENTS.
VOUS PENSEZ À UN ANIMAL?!

LAISSEZ-MOI TERMINER, TOM, VOULEZ-VOUS. C'EST MAINTENANT QUE LE BÂT BLESSE...

C'EST QU'IL SERAIT TROP LOURD POUR MONTER EN NE SE SERVANT QUE DES INTERSTICES ENTRE LES PIERRES DU MUR, HEIN?

JUSTEMENT, JE CROIS QUE NOTRE TUEUR EST TRÈS LÉGER PAR RAPPORT À SA TAILLE PRÉSUMÉE. L'ÉCRASEMENT DE LA HAIE PRÈS DE LA NICHE EST TROP FAIBLE. AU PIRE, IL A ÉTÉ PROVOQUÉ PAR UN POIDS ÉQUIVALENT À CELUI D'UN ENFANT.

MAIS AU MOINS, ÇA EXPLIQUERAIT QU'IL AIT PU GRIMPER LE LONG DU MUR!
EFFECTIVEMENT, SERGENT. GRANDE FORCE ET FAIBLE POIDS. ET LE CHIEN S'EST VISIBLEMENT LAISSÉ APPROCHER SANS BRONCHER. QUELQUE CHOSE L'A PERTURBÉ DANS L'APPARENCE OU L'ODEUR DE L'INTRUS.
10

EN FAIT, JE CROIS QUE C'EST LE MÉLANGE DE L'APPARENCE ET DE L'ODEUR QUI A SURPRIS ROLF. LES PALEFRENIERS M'ONT DIT QUE LES AUTRES ANIMAUX AVAIENT ÉTÉ TERRORISÉS, MAIS PAS LE MOLOSSE.

PARCE QUE LUI, IL L'A VU. UN PEU COMME SI C'ÉTAIT UN HOMME MAIS QU'IL ÉMANAIT DE LUI UNE ODEUR DE FAUVE.

POURQUOI DE FAUVE ?!

NOTRE CHER TOM COMMENCE À PRENDRE DE LA GRAINE À MON CONTACT... LES CHEVAUX ET LES CHIENS, DE CHASSE ONT EU LA RÉACTION QU'ILS AURAIENT EU HABITUELLEMENT S'ILS AVAIENT SENTI UN GRAND PRÉDATEUR DANS LES PARAGES. ON DIT QUE LES LOUPS FAISAIENT CET EFFET DANS LE TEMPS. IL FAUDRA VÉRIFIER S'IL N'Y A PAS DE POILS DANS LA CHAMBRE DE LA VICTIME.

MONSIEUR, LE CHEF VOUS INFORME QUE LE REPAS EST PRÊT À ÊTRE SERVI.
EH BIEN, RESTONS-EN LÀ POUR L'INSTANT, VOULEZ-VOUS... MON CUISINIER SERAIT CAPABLE DE SE TRANSFORMER EN TUEUR SI ON LAISSE RETOMBER SON SOUFFLÉ.
BON, IL EST TEMPS QUE J'Y AILLE. À BIENTÔT, MISTER DICKSON ! ET N'OUBLIEZ PAS DE TÉLÉPHONER À LONDRES.
C'EST COMME SI C'ÉTAIT FAIT, SERGENT !!

JESUS-CHRIST, JE VAIS COLLABORER AVEC HARRY DICKSON EN PERSONNE... HARRY DICKSON !!

JE M'ABSENTE QUELQUES INSTANTS POUR ALLER JETER UN COUP D'OEIL DANS LA CHAMBRE.
DEMANDEZ À LESTER DE VOUS CONDUIRE... IL EST À L'OFFICE.

SI VOUS N'AVEZ PAS BESOIN DE MOI, MONSIEUR, JE PRÉFÈRE ME RETIRER... CETTE... CHAMBRE ME DONNE LA CHAIR DE POULE !
AUCUN PROBLÈME LESTER, JE VOUS COMPRENDS...

BON, IL EST TEMPS DE... EH MAIS QU'EST-CE QUE...?!

TIENS TIENS, UN RÔDEUR!
CLANG

BON, TOUJOURS RIEN DE SPÉCIAL.

?!
FAUT DIRE QU'AVEC DES LUMIÈRES COMME LES FLICS DU COIN...!! LE MAÎTRE ET SES AMIS BOCHES SERONT CONTENTS.

ET MAINTENANT, DIRECTION LE VILLAGE POUR LES JOURNAUX ET UNE PINTE DE BIÈRE AVANT QUE LE PUB NE FERME POUR L'APRÈS-MIDI.

BIZARRE... BON, IL EST TEMPS DE VÉRIFIER CETTE HISTOIRE DE POILS.

AU BOUT DE QUELQUES MINUTES.
RIEN, À PART QUELQUES CHEVEUX DANS LE CABINET DE TOILETTES! DONC, CE N'EST PAS UN ANIMAL!

PAS DE POILS, HEIN? J'EN ÉTAIS SÛR. CE NE PEUT ÊTRE QU'UN HOMME, QUI A FAIT LE COUP!
UN HOMME QUI MORD COMME UN FAUVE, J'AI DU MAL À Y CROIRE, CHER AMI. AU FAIT, J'AI APERÇU UN RÔDEUR PRÈS DE LA HAIE. JE CROIS QU'IL SERAIT TEMPS DE REMPLACER ROLF.

JE VAIS DEMANDER À JACK ET ROB DE S'EN OCCUPER. J'ESPÈRE QU'IL NE VIENT PAS FAIRE UN REPÉRAGE POUR NOUS CAMBRIOLER. IL NE MANQUERAIT PLUS QUE ÇA!!
LES SÉRIES NOIRES, VOUS SAVEZ... MAIS, À MOINS D'UNE ATTAQUE EN RÈGLE, JE VOIS MAL DES VOLEURS S'INTRODUIRE DANS CE MANOIR AVEC TANT DE MONDE À L'INTÉRIEUR, NON?
PRIEZ PLUTÔT POUR QUE CE NE SOIT PAS UN DE VOS CONFRÈRES QUI AIT EU VENT DE L'AFFAIRE, MISS SYMONS. ÇA ME FAIT PENSER QU'IL FAUT QUE J'APPELLE GOODFIELD...

UNITED KINGDOM
VOUS VOUS RENDEZ COMPTE DE CE QUE VOUS ME DEMANDEZ, DICKSON ?!! LES LOWELL FONT PARTIE DE LA HAUTE SOCIÉTÉ ! ET VOUS VOULEZ QUE JE COUVRE...
...CETTE CONSPIRATION DU SILENCE QUI DÉFIE TOUS LES RÈGLEMENTS EN VIGUEUR ?
C'EST ÇA, CHER AMI. LA DERNIÈRE CHOSE DONT J'AI BESOIN, C'EST DE VOIR DÉBARQUER UNE MEUTE DE JOURNALISTES ICI.
DICKSON, JE VIENS DE TOMBER SUR UN ARTICLE QUI SE DEMANDE OÙ EST PASSÉ LE BANQUIER LOWELL. JE VOUS LAISSE 24 HEURES, MAIS J'AI BIEN PEUR QUE LA PRESSE SOIT MOINS PATIENTE QUE MOI.
DONNEZ-MOI ENCORE DEUX JOURS, D'ACCORD GOODFIELD ?! DÈS QUE JE TIENDRAI LA PISTE DE L'ASSASSIN, EH BIEN VOUS POURREZ METTRE LE CIRQUE EN ROUTE !
LE TEMPS PRESSE. QUOI QU'IL ARRIVE, LES JOURNALISTES SERONT LÀ DÈS DEMAIN. J'AI FAIT CE QUE J'AI PU... AH OUI, J'AIMERAIS ALLER AU VILLAGE POUR VOIR LE SERGENT. POURRIONS-NOUS EMPRUNTER VOTRE AUTO ?!
JE VAIS DEMANDER À LESTER DE VOUS...
INUTILE DE DÉRANGER CE BRAVE LESTER, JE SAIS CONDUIRE...
ET DIRE QUE MOI, JE N'AI JAMAIS TOUCHÉ UN VOLANT DE MA VIE !
VOUS VERREZ, CHER AMI... UN JOUR IL Y AURA MÊME UNE FEMME À DOWNING STREET !! SAUF CONTRETEMPS NOUS SERONS RENTRÉS POUR LE DÎNER.
LE POSTE DE POLICE EST JUSTE À CÔTÉ DU PUB. COMMENÇONS PAR ALLER RASSURER CE BRAVE SERGENT ET LUI DEMANDER UN PETIT SERVICE.
À VOS ORDRES, CHEF !!
13

MISTER DICKSON !! QUELLE SURPRISE !!
PAR DIEU, FENTON, LEVEZ-VOUS !!
NON, NON, JE VOUS EN PRIE, MESSIEURS, PAS DE ÇA ENTRE NOUS... SOUVENEZ-VOUS, SERGENT, NOUS SOMMES DES COLLÈGUES DE TRAVAIL, AVANT TOUT !
REGARDEZ-MOI CET HYPOCRITE ... GÉNIAL !!

SERGENT, JE SUIS VENU VOUS AVERTIR QUE VOUS SERIEZ COUVERT PAR QUI IL FAUDRA. D'AUTRE PART, NOUS AVONS UN PROBLÈME, CAR IL APPARAÎT QUE DÈS DEMAIN, CETTE HORRIBLE AFFAIRE RISQUE DE TRANSPIRER... JE SUIS DONC VENU VOUS DEMANDER VOTRE AIDE.
MON... AIDE ?! MAIS ÉVIDEMMENT QUE... QUE PUIS-JE FAIRE POUR VOUS ?

JE SUPPOSE QUE VOUS TENEZ DES ARCHIVES DES INCIDENTS QUI AURAIENT PU AVOIR LIEU DANS LA RÉGION ?
OUI... ON FAIT SOUVENT ÇA DANS NOS CAMPAGNES OÙ IL NE SE PASSE PAS GRAND-CHOSE !!
JE POURRAIS LES CONSULTER ?

VOUS CHERCHEZ QUELQUE CHOSE DE PARTICULIER ?
NON, SERGENT, DANS DES CAS COMME CELUI-CI, JE LAISSE MON ESPRIT PARTIR À LA CHASSE TOUT SEUL...
UNITED KINGDOM

AH ! VOILÀ QUELQUE CHOSE D'INTÉRESSANT ! CET ARTICLE DIT QU'UN ANCIEN AMI D'ALEISTER CROWLEY, NOMMÉ MALCOM REISMANN, S'EST INSTALLÉ NON LOIN D'ICI. PRÈS DES RUINES DE DARKHENGE.
CROWLEY, LE MAGE ?!

LUI-MÊME, TOM. ET TOUT CE QUI SE RAPPORTE À CROWLEY SENT LA MAGIE NOIRE. MÊME MUSSOLINI L'A FAIT EXPULSER D'ITALIE POUR SA DÉPRAVATION, C'EST DIRE ! D'APRÈS CE QUE JE SAIS, IL PASSERAIT EN CE MOMENT BEAUCOUP DE TEMPS EN ALLEMAGNE...

MAIS QUEL RAPPORT ENTRE CET HORRIBLE MEURTRE ET CET HOMME ?!
A PRIORI AUCUN, SERGENT. CE SONT SIMPLEMENT DEUX DONNÉES INHABITUELLES DANS LA CHRONIQUE LOCALE QU'IL CONVIENT DE GARDER ENSEMBLE EN TÊTE AU CAS OÙ... JE VAIS MAINTENANT POURSUIVRE L'EXAMEN DE VOS ARCHIVES...

UN QUART D'HEURE PLUS TARD.
JE SUIS DÉSOLÉ QUE VOUS N'AYEZ RIEN TROUVÉ D'AUTRE...
NE VOUS EN FAITES PAS POUR ÇA, SERGENT. PRÉPAREZ-VOUS PLUTÔT À DEVOIR AFFRONTER LES COLLÈGUES DE MISS SYMONS...

TOUT À COUP.
INN
MAIS... C'EST NOTRE VISITEUR DU MANOIR!

MISS SYMONS, UNE FOIS DANS LA VOITURE, VOUS ATTENDREZ QUE JE VOUS DISE DE PARTIR.
QU'EST-CE QUI..?
PAS DE QUESTIONS, JE VOUS PRIE...

J'AI INTÉRÊT À RENTRER EN VITESSE!

SUIVEZ DE LOIN CET HOMME, LÀ-BAS, À VÉLO. DISCRÈTEMENT...
COMME VOUS VOUDREZ...
VOUS LE CONNAISSEZ ?!

IL TOURNE !!
STOP, MISS SYMONS. IL NE FAUT PAS QU'IL NOUS VOIE. QUAND IL SERA HORS DE VUE, APPROCHEZ-VOUS DU PANNEAU INDICATEUR.
15

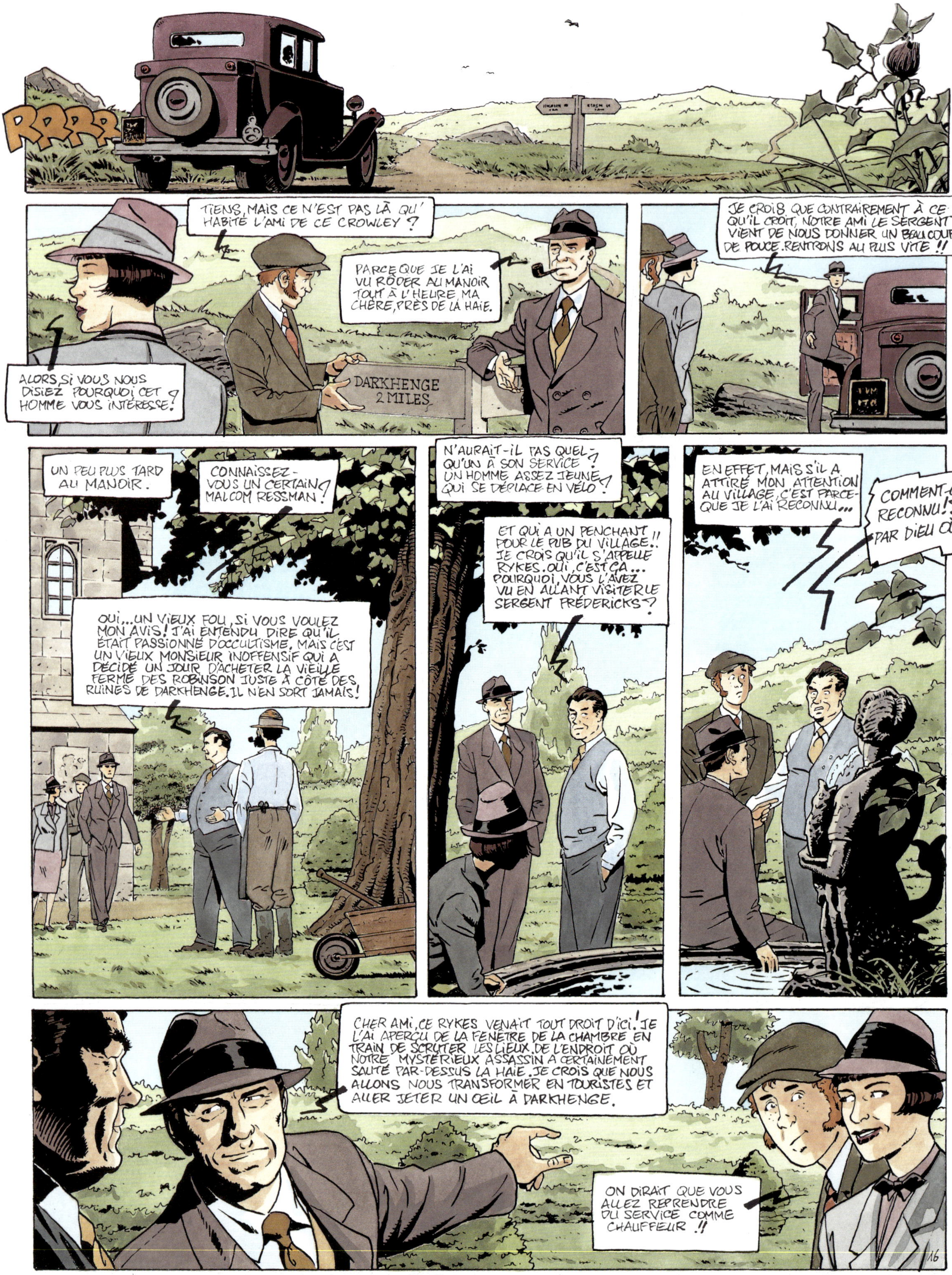

RRRR

DARKHENGE 2 MILES

TIENS, MAIS CE N'EST PAS LÀ QU'HABITE L'AMI DE CE CROWLEY ?

PARCE QUE JE L'AI VU RÔDER AU MANOIR TOUT À L'HEURE, MA CHÈRE, PRÈS DE LA HAIE.

ALORS, SI VOUS NOUS DISIEZ POURQUOI CET HOMME VOUS INTÉRESSE ?

JE CROIS, QUE CONTRAIREMENT À CE QU'IL CROIT, NOTRE AMI LE SERGENT VIENT DE NOUS DONNER UN BEAU COUP DE POUCE. RENTRONS AU PLUS VITE !!

UN PEU PLUS TARD AU MANOIR.

CONNAISSEZ-VOUS UN CERTAIN MALCOM RESSMAN ?

OUI... UN VIEUX FOU, SI VOUS VOULEZ MON AVIS ! J'AI ENTENDU DIRE QU'IL ÉTAIT PASSIONNÉ D'OCCULTISME, MAIS C'EST UN VIEUX MONSIEUR INOFFENSIF QUI A DÉCIDÉ UN JOUR D'ACHETER LA VIEILLE FERME DES ROBINSON JUSTE À CÔTÉ DES RUINES DE DARKHENGE. IL N'EN SORT JAMAIS !

N'AURAIT-IL PAS QUELQU'UN À SON SERVICE ? UN HOMME ASSEZ JEUNE QUI SE DÉPLACE EN VÉLO ?

ET QUI A UN PENCHANT POUR LE PUB DU VILLAGE !! JE CROIS QU'IL S'APPELLE RYKES. OUI, C'EST ÇA... POURQUOI, VOUS L'AVEZ VU EN ALLANT VISITER LE SERGENT FRÉDERICKS ?

EN EFFET, MAIS S'IL A ATTIRÉ MON ATTENTION AU VILLAGE, C'EST PARCE QUE JE L'AI RECONNU...

COMMENT ÇA RECONNU !? PAR DIEU OÙ !?

POURQUOI N'AVOIR PAS DISSIMULÉ L'AUTO? LA PREMIÈRE PERSONNE QUI PASSERA...
OUI, MAIS COMME ÇA ON FAIT PLUS TOURISTES!!
EXACT, TOM! N'OUBLIEZ PAS QU'À PARTIR DE MAINTENANT NOUS SOMMES DES INVITÉS DE DOWDING. NOUS NE SAVONS RIEN DU MEURTRE PUISQUE CELUI-CI N'A PAS ÉTÉ ENCORE DÉCLARÉ MÊME S'IL EST PROBABLE QUE CERTAINS DES INVITÉS ONT DU PARLER À LONDRES.
DARKHENGE NE TARDE PAS À DÉPLOYER SON INQUIÉTANTE MAJESTÉ...
ÇA SE VOIT QU'IL N'Y A PLUS DE FERMIERS DANS LE COIN!!
NE SOYEZ PAS SI TERRE À TERRE, TOM. REGARDEZ PLUTÔT CETTE MERVEILLE QUI EST PLUS ANCIENNE QUE LES PYRAMIDES D'ÉGYPTE!
ET NETTEMENT PLUS SINISTRE, VOUS NE TROUVEZ PAS?
VOUS AVEZ REMARQUÉ, ON N'ENTEND AUCUN BRUIT. IL N'Y A MÊME PAS UN OISEAU ICI...
CE COIN ME DONNE DES FRISSONS!
NOUS VERRONS ÇA PLUS TARD. POUR L'INSTANT, IL FAUT ALLER À LA FERME DE CE RESSMAN, LÀ-BAS, DERRIÈRE LES ARBRES...
LÀ! CE DOIT ÊTRE LA FERME...
OUI! ET MAINTENANT, UN PEU PLUS DE DISCRÉTION COMPRIS ?!
ON DIRAIT QUE LE PROPRIÉTAIRE A FAIT FAIRE DES TRAVAUX DE RESTAURATION RÉCEMMENT. CE CIMENT EST FLAMBANT NEUF OU PRESQUE... TOM, AIDEZ-MOI DONC À JETER UN COUP D'OEIL PAR-DESSUS CE MUR, VOULEZ-VOUS?
17

CESSEZ DE BOUGER COMME ÇA, MY BOY. ON DIRAIT QUE JE PÈSE UN QUINTAL!
MAIS NON!!
HEUREUSEMENT QUE CE N'EST PAS HERCULE POIROT.

TIENS, TIENS, ON DIRAIT QUE NOTRE ERMITE A DE LA VISITE...

TOM, TANIA, NE BOUGEZ PAS! JE REVIENS BIENTÔT.
HÉ, MAIS... D'ACCORD! FAITES ATTENTION!

SI C'EST CE QUE JE PENSE, JE NE CROIS PAS RISQUER DE RENCONTRER UN CHIEN...

D'ICI, JE DEVRAIS POUVOIR ENTENDRE CE QU'ILS DISENT.

LE PAYS COMMENCE À ME MANQUER, HANS... CES GENS NE SAVENT MÊME PAS CE QU'EST UNE CHOUCROUTE!
À MOI AUSSI! MAIS FAUT SE FAIRE UNE RAISON, AU MOINS JUSQU'À LA FIN DU MOIS DE JUIN.

OUAIS, LEUR HISTOIRE DE SOLSTICE... TOUT ÇA ME FICHE UN PEU LA TROUILLE. CE VIEUX FOU DE RESSMAN NE M'INSPIRE PAS PLUS QUE CROWLEY!
ÉCOUTE, BERT, IL FAUT D'ABORD PENSER AU PARTI! SI NOUS POUVONS AIDER HERR HITLER, ÇA VAUT LE COUP DE PRENDRE DES RISQUES, NON? ET LE PROFESSEUR A L'AIR CONFIANT.
?!
18

* VOIR HARRY DICKSON 3 "LES AMIS DE L'ENFER"

ACH! FICHUS TOURISTES! IL FAUDRA LES ÉLOIGNER DES RUINES SANS QUE CELA SOIT SUSPECT...
OUAIS, MAIS JUSTE LE TEMPS QU'IL FAUT, C'EST DÉJÀ ÇA...
VVVRRAAMM

ET TOUT ÇA A UN LIEN AVEC LE MEURTRE AU MANOIR, N'EST-CE-PAS?
TOUT SE TIENT, VOUS COMPRENEZ? RESSMAN AVAIT GARDÉ LE CONTACT AVEC CROWLEY QUI PASSE LE PLUS CLAIR DE SON TEMPS EN ALLEMAGNE. IL A DÉCOUVERT QUELQUE CHOSE ICI ET A AVERTI SON MAÎTRE, QUI A MIS LES NAZIS AU COURANT...

CE QUE J'AI ENTENDU N'A FAIT QUE CONFIRMER MES DÉDUCTIONS. LE MYSTÉRIEUX ASSASSIN EST VENU DE LA FERME. IL A UN RAPPORT AVEC DES EXPÉRIENCES MENÉES PAR UN PROFESSEUR SANS DOUTE ARRIVÉ D'ALLEMAGNE. AVEC CES FOUS QUI ORBITENT AUTOUR DE CE HITLER, IL FAUT S'ATTENDRE AU PIRE...
ON RENTRE AU MANOIR?

OUI, MAIS JUSTE LE TEMPS D'AVERTIR NOTRE HÔTE QUE NOUS SERONS ABSENTS POUR LA NUIT. VOUS SENTEZ-VOUS D'ATTAQUE POUR UN ALLER-RETOUR SUR LONDRES, MISS SYMONS?!
ATTENTION, JE VOUS SENS AU BORD DU PETIT COUPLET SUR LES FAIBLES FEMMES... LA RÉPONSE EST ÉVIDEMMENT OUI. VOUS VOULEZ CONSULTER VOS DOSSIERS?

JE NE ME SOUVIENS PAS QUE NOUS AYONS GRAND-CHOSE SUR CROWLEY À...
NOUS N'ALLONS PAS À BAKER STREET, TOM. LA SEULE PERSONNE QUI PUISSE NOUS RENSEIGNER SE TROUVE DEPUIS L'AN DERNIER À OLD SWEENEY.
QUOI?! L'ASILE DE FOUS?!!

APRÈS PLUSIEURS HEURES DE ROUTE, LONDRES, ENFIN...
VOUS ÊTES SÛR QU'ON VA NOUS LAISSER INTERVIEWER VOTRE DINGUE EN PLEINE NUIT?!
MISS SYMONS, J'IRAI TIRER LE PREMIER MINISTRE DE SON LIT S'IL LE FAUT, POUR ÇA!! DEMAIN MATIN, LES JOURNALISTES AURONT ENVAHI LE MANOIR ET IL N'Y AURA QUE HOPKINS POUR ME FOURNIR LA PREMIÈRE CLÉ AVANT QUE VOS CONFRÈRES NE SÈMENT LEUR DÉSORDRE HABITUEL...
VVVRRAAAAA
20

OLD SWEENEY, LE PIRE ASILE DE TOUTE L'ANGLETERRE...
JESUS, CET ENDROIT EST SINISTRE! HEUREUSEMENT QUE LE GARDE AVAIT ENTENDU PARLER DE VOUS!!

QUAND VOUS AUREZ VU HOPKINS ET LES AUTRES PENSIONNAIRES, VOUS COMPRENDREZ POURQUOI ON NE PARLE GUÈRE DE CET ÉTABLISSEMENT DANS LA PRESSE.
VOUS ME METTEZ L'EAU À LA BOUCHE!

C'EST D'ACCORD, MISTER DICKSON. JE NE SAIS PAS COMMENT VOUS FAITES, MAIS DOWNING STREET M'ORDONNE DE ME METTRE À VOTRE SERVICE SANS MÊME DEMANDER LES RAISONS DE VOTRE VISITE!!
MONSIEUR ESKIN, CE N'EST PAS À MON SERVICE, MAIS À CELUI DE L'ANGLETERRE QUE VOUS METTEZ. JE VOUDRAIS VOIR LE DOSSIER DE HOPKINS, S.V.P.
VOUS VOYEZ QU'IL L'A FAIT, HEIN?

PARFAIS. IL Y A DES DÉTAILS QUI VONT NOUS SERVIR, LÀ-DEDANS.
VOILÀ, C'EST CETTE CELLULE. JE VAIS VOUS OUVRIR ET ALLUMER LA LAMPE INTÉRIEURE.
MERCI. JE VOUS DEMANDERAI ENSUITE DE NOUS LAISSER, VOULEZ-VOUS.

ON L'ATTACHE POUR LA NUIT. LE JOUR, IL EST SOUS SURVEILLANCE CONSTANTE. C'EST NOTRE PIRE CLIENT, SI VOUS VOULEZ MON AVIS...
AU RISQUE DE VOUS DÉCEVOIR, J'EN AI EU DES BIEN PLUS DANGEREUX. CELUI-LÀ EST ENCORE HUMAIN, AU MOINS... JE VOUS APPELERAI SI NÉCESSAIRE.

HUM!!

QUI ÊTES-VOUS POUR VENIR M'IMPORTUNER EN PLEINE NUIT ?!!

DES GENS À LA RECHERCHE DE LA VÉRITÉ, DOCTEUR HOPKINS. J'AI VU DANS VOTRE DOSSIER QUE VOUS DEMANDIEZ AVEC INSISTANCE D'ÊTRE TRANSFÉRÉ DANS UNE DES CELLULES AVEC VUE SUR LE CIMETIÈRE D'À CÔTÉ. AIDEZ-MOI ET J'ESSAIERAI D'ARRANGER ÇA. AU FAIT, POURQUOI LE CIMETIÈRE ?
21

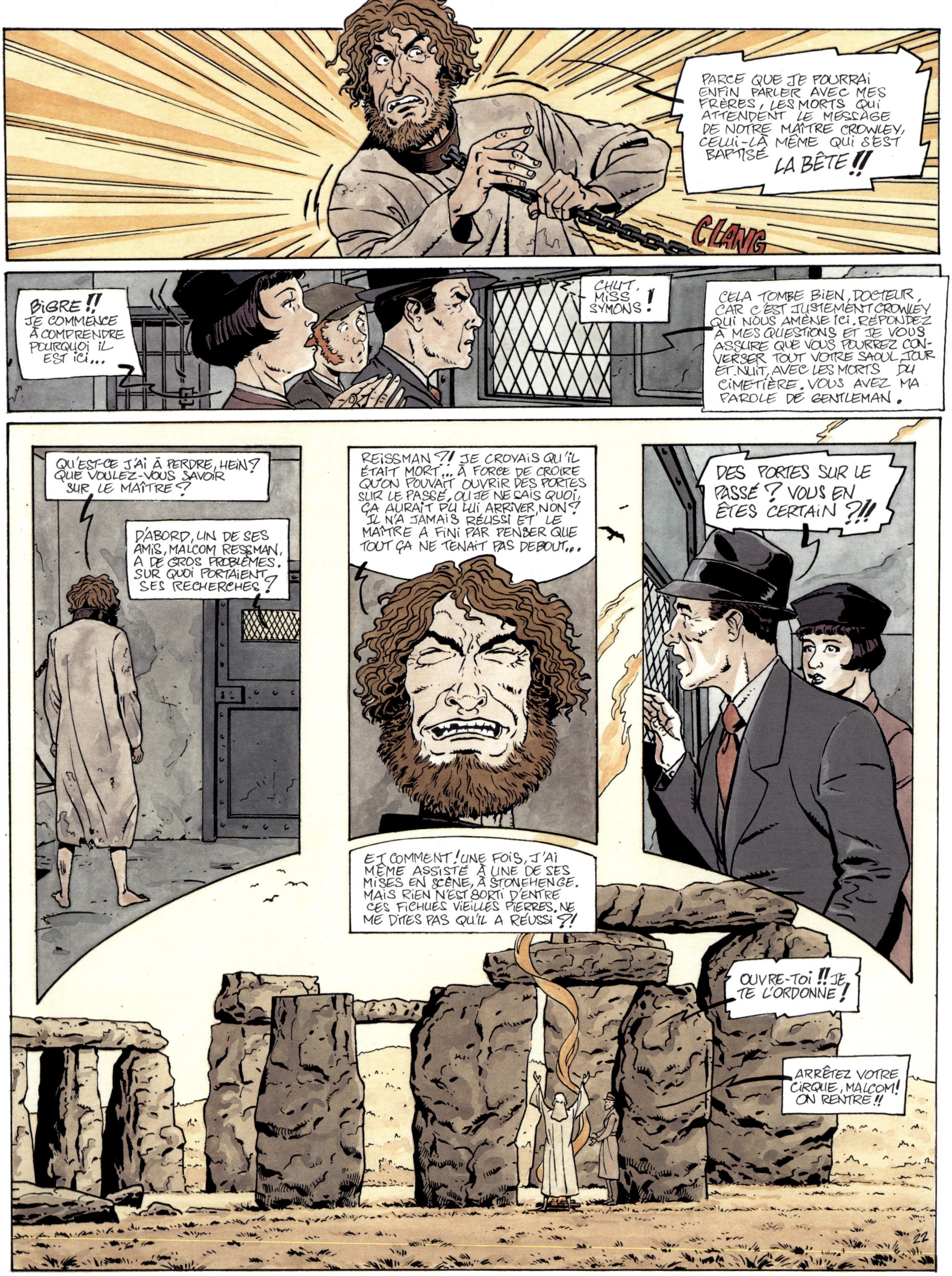

QU'EST-CE J'AI À PERDRE, HEIN ? QUE VOULEZ-VOUS SAVOIR SUR LE MAÎTRE ?
D'ABORD, UN DE SES AMIS, MALCOM RESSMAN, A DE GROS PROBLÈMES. SUR QUOI PORTAIENT SES RECHERCHES ?
REISSMAN ?! JE CROYAIS QU'IL ÉTAIT MORT... À FORCE DE CROIRE QU'ON POUVAIT OUVRIR DES PORTES SUR LE PASSÉ, OU JE NE SAIS QUOI, ÇA AURAIT PU LUI ARRIVER, NON ? IL N'A JAMAIS RÉUSSI ET LE MAÎTRE A FINI PAR PENSER QUE TOUT ÇA NE TENAIT PAS DEBOUT...
DES PORTES SUR LE PASSÉ ? VOUS EN ÊTES CERTAIN ?!!
ET COMMENT ! UNE FOIS, J'AI MÊME ASSISTÉ À UNE DE SES MISES EN SCÈNE, À STONEHENGE. MAIS RIEN N'EST SORTI D'ENTRE CES FICHUES VIEILLES PIERRES. NE ME DITES PAS QU'IL A RÉUSSI ?!
OUVRE-TOI !! JE TE L'ORDONNE !
ARRÊTEZ VOTRE CIRQUE, MALCOM ! ON RENTRE !!
22

À VRAI DIRE, J'AI COMME L'IMPRESSION QU'IL A DÛ FINIR PAR TROUVER QUELQUE CHOSE...

IL NE FAUT PAS JOUER AVEC LE PASSÉ... IL Y A TROP DE CHOSES RÉPUGNANTES QUI Y SONT TAPIES ET QUI N'ATTENDENT QU'UNE CHOSE : QU'UN FOU LES LIBÈRE !!

SI JE PUIS ME PERMETTRE, DOCTEUR, LES MORTS APPARTIENNENT AU PASSÉ ET VOUS AVEZ L'AIR D'APPRÉCIER POURTANT LEUR CONVERSATION, ON DIRAIT...
MISS SYMONS, JE VOUS SAURAIS GRÉ DE NE PAS L'EXCITER.
PARCE QUE LES MORTS SONT MES SEULS VRAIS AMIS ! EUX, SAVENT LA VÉRITÉ SUR L'HOMME ET L'UNIVERS !!
QU'EST-CE QUE JE VOUS AVAIS DIT !! TOM, ALLEZ AVERTIR L'INFIRMIER QUE L'ENTRETIEN EST TERMINÉ, JE VOUS PRIE.
D'ACCORD !
OUF !

LUI DONNER UNE CELLULE AVEC VUE SUR LE CIMETIÈRE ?!! VOUS PLAISANTEZ, MISTER DICKSON !
ÉCOUTEZ, CET HOMME M'A AIDÉ ET JE N'AI QU'UNE PAROLE, Y COMPRIS AVEC LES DÉSÉQUILIBRÉS. NOUS N'ALLONS PAS ENCORE DEVOIR TÉLÉPHONER À DOWNING STREET À CETTE HEURE POUR CE PETIT DÉTAIL, NON ?

JE CROIS QUE NOUS NE SOMMES PAS VENUS POUR RIEN. J'AI MAINTENANT MA PETITE IDÉE SUR CE QUE RESSMAN ET SES AMIS ALLEMANDS SONT EN TRAIN DE CONCOCTER.
VOUS PENSEZ QU'ILS ONT TROUVÉ UN MOYEN D'OUVRIR UNE PORTE VERS LE PASSÉ ?!
PEUT-ÊTRE QUE ÇA MARCHAIT MIEUX À DARKHENGE QU'À STONEHENGE, VOILÀ TOUT.

AU FAIT, COMMENT CONNAIS-SIEZ-VOUS CE HOPKINS ?
LE CONTRE ESPIONNAGE ANGLAIS M'AVAIT DEMANDÉ EN 17 DE FAIRE UNE ENQUÊTE SUR CERTAINS OCCULTISTES D'ICI, QUI AVAIENT DES LIENS DE LONGUE DATE AVEC L'ALLEMAGNE. LE DOCTEUR HOPKINS, QUI AVAIT ALORS TOUTE SA TÊTE, FAISAIT PARTIE DU LOT !

ET POURQUOI L'A-T-ON ENFERMÉ DANS UN ASILE AUSSI SINISTRE ? C'EST VRAIMENT INHUMAIN !!
UN BON SUJET D'ARTICLE, MISS SYMONS ! QUANT À NOTRE AMI HOPKINS, C'EST APRÈS L'AVOIR DÉCOUVERT EN TRAIN DE DÉVORER À BELLES DENTS UN CADAVRE, DANS UN CIMETIÈRE, QU'ON A DÉCIDÉ DE PRENDRE DES MESURES !!

AU PETIT MATIN...

HÉ ! MAIS... QUEL CHAUFFARD !!
J'AI L'IMPRESSION QUE VOS AMIS JOURNALISTES SONT PRÊTS POUR LA CURÉE. JE CROYAIS QUE NOUS POURRIONS ARRIVER AVANT EUX, MAIS... ARRÊTEZ-VOUS AU PREMIER CHEMIN, JE VOUS PRIE !

BON, ARRIVER MAINTENANT AU MANOIR SERAIT UNE ERREUR. SI JAMAIS ON SAIT QUE JE SUIS SUR CETTE AFFAIRE ET QUE J'ÉTAIS AU COURANT AVANT TOUT LE MONDE...
ALORS !! ON FAIT QUOI ?

ET SI VOUS VOUS OCCUPIEZ DE NOUS TROUVER DES CHAMBRES DANS UNE AUBERGE PENDANT QUE JE RETOURNE AU MANOIR POUR Y PRENDRE DISCRÈTEMENT NOS AFFAIRES ET VOIR CE QUI S'Y PASSE ? MOI, PERSONNE NE ME CONNAÎT, HEIN ?
CELA VIENDRA, J'EN SUIS CERTAIN. EXCELLENTE SUGGESTION. COMME CELA, JE DONNERAI L'IMPRESSION D'ÊTRE ARRIVÉ AVEC L'AVANT-GARDE DE LA TROUPE.

ELLE A VRAIMENT DU CHIEN !
ET VOUS, TOM, CESSEZ D'AVOIR CE REGARD D'ÉPAGNEUL. ALLEZ NOUS RÉSERVER DEUX CHAMBRES. JE VOUS REJOINS TOUT À L'HEURE.
HOTEL WATERL

MISTER DICKSON ! JE SUIS DÉSOLÉ MAIS, IL FAUT QUE JE FILE AU...
AU MANOIR, JE SAIS. LE SPECTACLE COMMENCE, HEIN ? JE VOULAIS JUSTE VOUS DEMANDER EXPRESSÉMENT À VOUS ET À VOS HOMMES, D'OUBLIER DÉSORMAIS QUE NOUS NOUS SOMMES DÉJÀ VUS. COMPRIS ?!

VOUS POUVEZ COMPTER SUR MOI ! MOTUS ET BOUCHE COUSUE...
PENDANT QUE NOUS Y SOMMES, J'AURAIS BESOIN D'UNE AUTOMOBILE, POUR CIRCULER CES PROCHAINS JOURS. UNE SUGGESTION, SERGENT ?

LE SERGENT EST MON AMI ET JE VOUS FAIS UN PRIX, MONSIEUR. UNE LIVRE PAR JOUR...
POUR CE PRIX D'AMI, PUIS-JE AVOIR L'ASSURANCE QU'ELLE ROULE ENCORE ?
ELLE N'EST PAS RAPIDE MAIS ELLE TIENT LE COUP !
XP 2AM

IL Y A AU MOINS DÉJÀ UNE DOUZAINE DE JOURNALISTES, LÀ-BAS. J'AI FAIT PASSER LE MOT ET PERSONNE NE PARLERA DE NOTRE SÉJOUR.
PARFAIT MISS SYMONS. SACHEZ QUE J'APPRÉCIE VOTRE AIDE. IL EST MAINTENANT TEMPS D'ALLER PRENDRE QUELQUES HEURES DE REPOS, PENDANT QUE TOUT CE PETIT MONDE S'AGITE.

EN DÉBUT D'APRÈS-MIDI, NOUS IRONS CHERCHER LE TACOT QUI VA NOUS SERVIR DE MOYEN DE TRANSPORT.
OUI, MISS SYMONS. IL N'Y A PLUS RIEN À FAIRE AU MANOIR ET APRÈS NOTRE PETIT ENTRETIEN AVEC HOPKINS, NOUS SAVONS DÉSORMAIS QUE LA SOLUTION SE TROUVE À DARKHENGE...
ON RETOURNE CHEZ CE RESSMAN ?
25

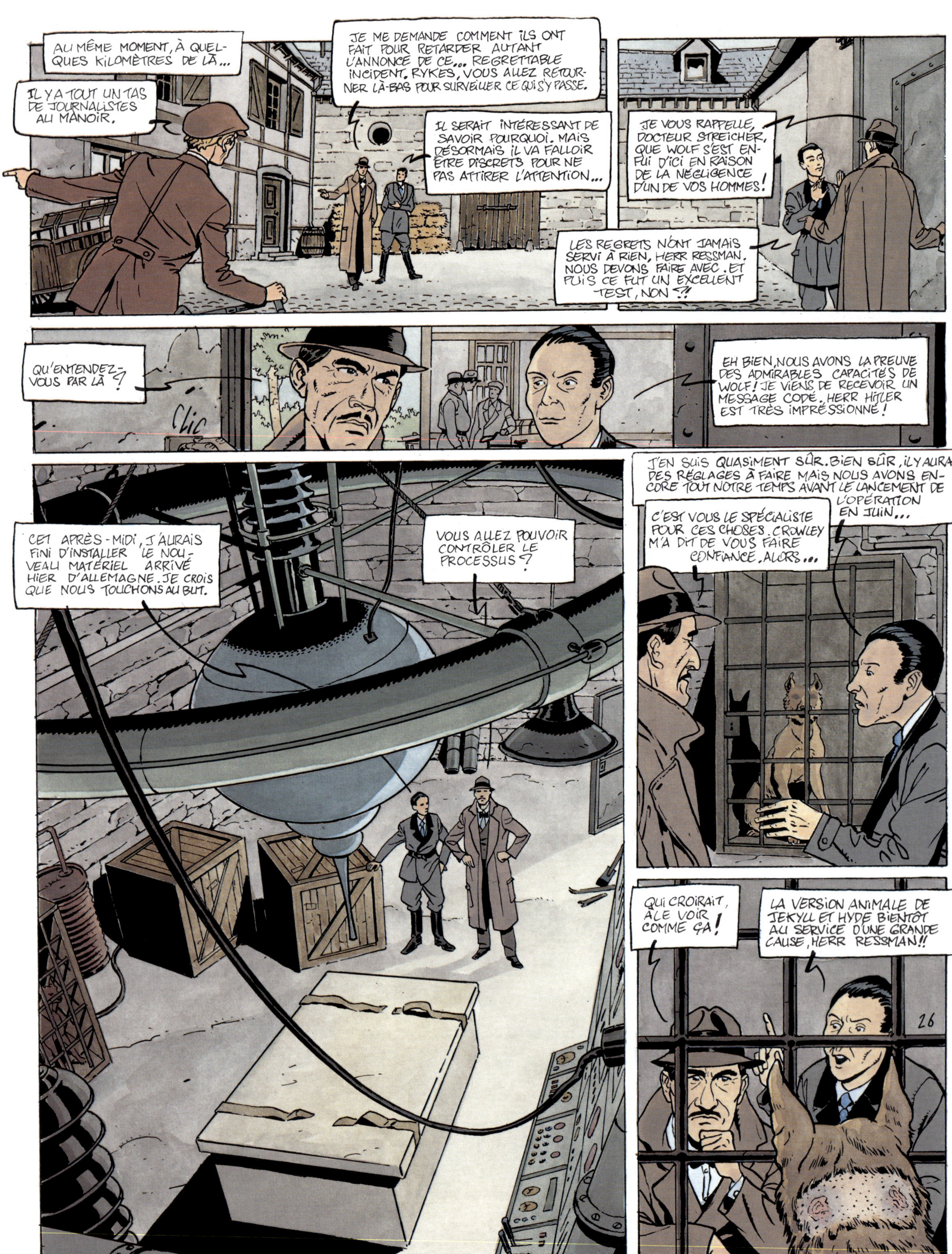

AU MÊME MOMENT, À QUELQUES KILOMÈTRES DE LÀ...
IL Y A TOUT UN TAS DE JOURNALISTES AU MANOIR.
JE ME DEMANDE COMMENT ILS ONT FAIT POUR RETARDER AUTANT L'ANNONCE DE CE... REGRETTABLE INCIDENT. RYKES, VOUS ALLEZ RETOURNER LÀ-BAS POUR SURVEILLER CE QUI S'Y PASSE.
IL SERAIT INTÉRESSANT DE SAVOIR POURQUOI. MAIS DÉSORMAIS IL VA FALLOIR ÊTRE DISCRETS POUR NE PAS ATTIRER L'ATTENTION...
JE VOUS RAPPELLE, DOCTEUR STREICHER, QUE WOLF S'EST ENFUI D'ICI EN RAISON DE LA NÉGLIGENCE D'UN DE VOS HOMMES!
LES REGRETS N'ONT JAMAIS SERVI À RIEN, HERR RESSMAN. NOUS DEVONS FAIRE AVEC. ET PUIS CE FUT UN EXCELLENT TEST, NON ?!
QU'ENTENDEZ-VOUS PAR LÀ ?
CLIC
EH BIEN, NOUS AVONS LA PREUVE DES ADMIRABLES CAPACITÉS DE WOLF! JE VIENS DE RECEVOIR UN MESSAGE CODÉ. HERR HITLER EST TRÈS IMPRESSIONNÉ!
CET APRÈS-MIDI, J'AURAIS FINI D'INSTALLER LE NOUVEAU MATÉRIEL ARRIVÉ HIER D'ALLEMAGNE. JE CROIS QUE NOUS TOUCHONS AU BUT.
VOUS ALLEZ POUVOIR CONTRÔLER LE PROCESSUS ?
J'EN SUIS QUASIMENT SÛR. BIEN SÛR, IL Y AURA DES RÉGLAGES À FAIRE MAIS NOUS AVONS ENCORE TOUT NOTRE TEMPS AVANT LE LANCEMENT DE L'OPÉRATION EN JUIN...
C'EST VOUS LE SPÉCIALISTE POUR CES CHOSES. CROWLEY M'A DIT DE VOUS FAIRE CONFIANCE. ALORS...
QUI CROIRAIT, À LE VOIR COMME ÇA!
LA VERSION ANIMALE DE JEKYLL ET HYDE BIENTÔT AU SERVICE D'UNE GRANDE CAUSE, HERR RESSMAN!!
26

JE N'AIME PAS BEAUCOUP CETTE COMPARAISON... HYDE ÉTAIT INCONTRÔLABLE, SOUVENEZ-VOUS !
PARCE QUE PERSONNE N'ÉTAIT LÀ POUR LE CONTRÔLER. AVEC WOLF, C'EST DIFFÉRENT : JE TIENS LES FICELLES !

DES FICELLES INVISIBLES QUI S'APPELLENT DES ONDES RADIO. GRÂCE À ELLES, JE POURRAIS CONTRÔLER LE PROCESSUS DE MUTATION PHYSIQUE ET LES MOUVEMENTS DE WOLF. FINIS LES INCIDENTS COMME L'AUTRE SOIR...
JE L'ESPÈRE CAR SINON JE SERAI DANS L'OBLIGATION D'EN RÉFÉRER À CROWLEY...

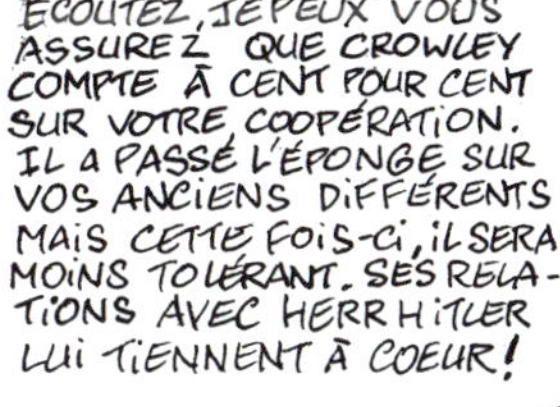

ECOUTEZ, JE PEUX VOUS ASSUREZ QUE CROWLEY COMPTE À CENT POUR CENT SUR VOTRE COOPÉRATION. IL A PASSÉ L'ÉPONGE SUR VOS ANCIENS DIFFÉRENTS MAIS CETTE FOIS-CI, IL SERA MOINS TOLÉRANT. SES RELATIONS AVEC HERR HITLER LUI TIENNENT À COEUR !

C'EST UNE MENACE, DOCTEUR ?!
NON, UN SIMPLE CONSEIL D'AMI À QUELQU'UN QUI A TOUTES LES CARTES EN MAIN POUR DEVENIR BIENTÔT UN HÉROS DE LA NOUVELLE ALLEMAGNE.

SI TOUT SE PASSE BIEN, DÈS L'ÉTÉ, HERR HITLER AURA À SA DISPOSITION LA PLUS EFFICACE DES TROUPES DE CHOC SECRÈTES ET LES S.A. NE SERONT PLUS LÀ QUE POUR LA GALERIE ET LES BASSES OEUVRES. QUEL DOMMAGE QUE NOUS SOYONS OBLIGÉS DE TRAVAILLER EN ANGLETERRE !!

CE N'EST QUE PASSAGER, DOCTEUR, ET VOUS LE SAVEZ BIEN. WOLF ET SES SEMBLABLES DEVRAIENT SE REPRODUIRE TRANQUILLEMENT ENTRE EUX PAR LA SUITE, DANS VOTRE PAYS. CE QUI IMPORTE C'EST LE CONTRÔLE.
27
ET ÇA, C'EST MON AFFAIRE. NOUS FERONS UN ESSAI TRÈS BIENTÔT AVEC LE NOUVEAU MATÉRIEL ! DÈS CE SOIR, PEUT-ÊTRE...

PLUS TARD, EN DÉBUT D'APRÈS-MIDI...
APRÈS ÇA, TOUT IRA MIEUX... QUE VOUS A DIT CE BON GOODFIELD ?
QU'IL NE POUVAIT PLUS NOUS COUVRIR. HEUREUSEMENT QUE J'AVAIS DU NOUVEAU POUR LE CALMER ET JE LUI FAIS CONFIANCE POUR TROUVER UNE EXPLICATION DE CE... DÉLAI POUR LES JOURNALISTES.
JE SERAIS CURIEUSE DE SAVOIR CE QUE VOUS LUI AVEZ DIT ?!

UNE VERSION ALAMBIQUÉE DE LA VÉRITÉ. JE NE TIENS PAS À VOIR LES LIMIERS DE SCOTLAND YARD, QUI DOIVENT DÉJÀ ÊTRE AU MANOIR, ALLER FOURRER LEUR NEZ CHEZ RESSMAN. TOUT AU MOINS, TANT QUE NOUS N'AURONS PAS BESOIN D'EUX... MERCI TOM.
ET SI VOUS NOUS DISIEZ LA VRAIE VÉRITÉ, SI JE PUIS DIRE !

PAS MAUVAIS... LA VRAIE VÉRITÉ, MISS SYMONS ? JE N'EN CONNAIS QU'UN BOUT, MAIS JE SENS DÉJÀ LE POISSON BOUGER À L'AUTRE BOUT DE LA LIGNE... EN DEUX MOTS, RESSMAN A RÉUSSI L'EXPÉRIENCE DONT NOUS A PARLÉ HOPKINS. IL A OUVERT À DARKHENGE UNE "PORTE" VERS JE NE SAIS OÙ, PASSÉ OU MONDE PARALLÈLE, ET IL A RAMENÉ LA CRÉATURE QUI A TUÉ JOAN LOWELL. À MON AVIS, CE MEURTRE N'ÉTAIT PAS PRÉVU AU PROGRAMME. MAIS AUPARAVANT...

"...IL AVAIT AVERTI CROWLEY, QUI SE TROUVE EN ALLEMAGNE, DE SON SUCCÈS."
OUI, JE VOUS L'ASSURE, MAÎTRE ! ET LA PORTE DEVRAIT SE ROUVRIR AU SOLSTICE D'ÉTÉ.
PARFAIT, JE VAIS VOIR CE QUE JE PEUX FAIRE AVEC MES NOUVEAUX AMIS.

"ET CROWLEY S'EST EMPRESSÉ D'ALLER AVERTIR CE HITLER DES POSSIBILITÉS QUI S'OUVRAIENT À LUI AVEC CETTE HISTOIRE.
VOILÀ OÙ NOUS EN SOMMES...
EXTRAORDINAIRE, MEIN FREUND... J'AI TOUJOURS SU QUE L'ANCIENNE MAGIE FINIRAIT PAR MARCHER UN JOUR À NOS CÔTÉS ! JE VAIS AIDER VOTRE RESSMAN.

BON, ET CETTE CRÉATURE, À QUOI ELLE RESSEMBLE ?
LES MARQUES SUR LA HAIE ET SES CAPACITÉS À GRIMPER LES MURS, INDIQUENT UNE FORCE IMPRESSIONNANTE POUR UN POIDS ASSEZ FAIBLE. LES BLESSURES LAISSÉES, MONTRENT UNE GRANDE VIOLENCE DE COMPORTEMENT ET UNE RARE EFFICACITÉ DE TUEUR. C'EST ÇA QUI A DÛ INTÉRESSER HERR HITLER. IL A ENVOYÉ ICI QUELQU'UN QUI PENSE POUVOIR CONTRÔLER LA CRÉATURE.
QUI N'EST SÛREMENT PAS LA SEULE DE SON ESPÈCE, C'EST ÇA ?

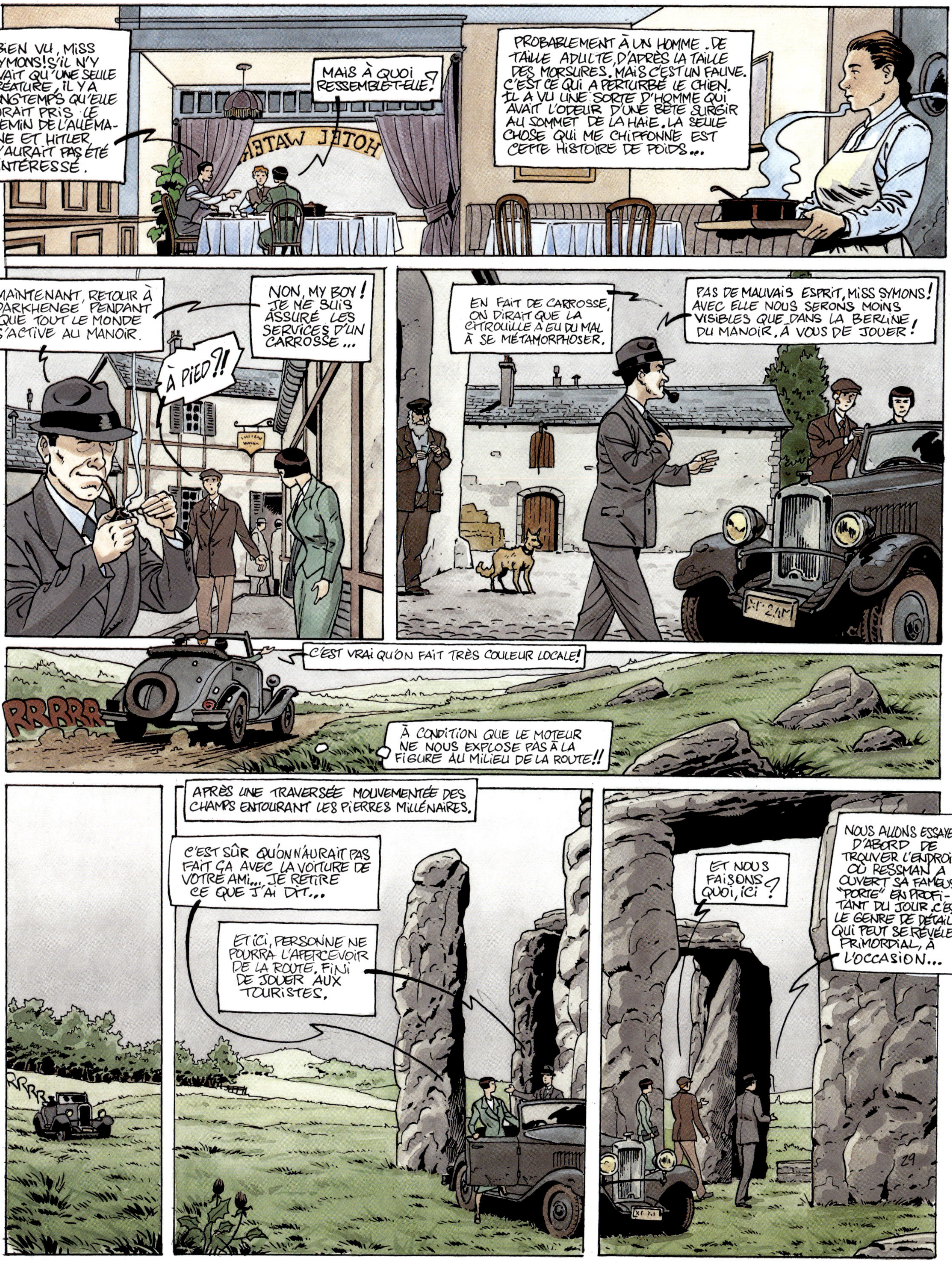

BIEN VU, MISS SYMONS ! S'IL N'Y AVAIT QU'UNE SEULE CRÉATURE, IL Y A LONGTEMPS QU'ELLE AURAIT PRIS LE CHEMIN DE L'ALLEMAGNE ET HITLER N'AURAIT PAS ÉTÉ INTÉRESSÉ.

MAIS À QUOI RESSEMBLE-T-ELLE ?

PROBABLEMENT À UN HOMME. DE TAILLE ADULTE, D'APRÈS LA TAILLE DES MORSURES. MAIS C'EST UN FAUVE. C'EST CE QUI A PERTURBÉ LE CHIEN. IL A VU UNE SORTE D'HOMME QUI AVAIT L'ODEUR D'UNE BÊTE SURGIR AU SOMMET DE LA HAIE. LA SEULE CHOSE QUI ME CHIFFONNE EST CETTE HISTOIRE DE POIDS...

MAINTENANT, RETOUR À DARKHENGE PENDANT QUE TOUT LE MONDE S'ACTIVE AU MANOIR.

NON, MY BOY ! JE ME SUIS ASSURÉ LES SERVICES D'UN CARROSSE...

À PIED ?!

EN FAIT DE CARROSSE, ON DIRAIT QUE LA CITROUILLE A EU DU MAL À SE MÉTAMORPHOSER.

PAS DE MAUVAIS ESPRIT, MISS SYMONS ! AVEC ELLE NOUS SERONS MOINS VISIBLES QUE DANS LA BERLINE DU MANOIR. À VOUS DE JOUER !

C'EST VRAI QU'ON FAIT TRÈS COULEUR LOCALE !

RRRRR

À CONDITION QUE LE MOTEUR NE NOUS EXPLOSE PAS À LA FIGURE AU MILIEU DE LA ROUTE !!

LES TRACES LAISSÉES PAR L'OUVERTURE DE LA PORTE SUR UNE OU PLUSIEURS DE CES PIERRES.
C'EST BIEN BEAU TOUT ÇA, MAIS QUE SOMMES-NOUS CENSÉS CHERCHER ?!

SI RESSMAN A FAIT UNE INCANTATION, ELLE N'A SÛREMENT PAS LAISSÉ DE TRACE...
IL NE S'AGIT PAS ICI D'UNE SIMPLE INVOCATION, MAIS DE LA CRÉATION D'UN PASSAGE ENTRE DEUX MONDES.
CELA MET EN JEU DE L'ÉNERGIE ?

TOUT À FAIT EXACT, TOM. LE MOYEN UTILISÉ POUR "L'APPELER" IMPORTE PEU. CE QUI COMPTE C'EST QUE LA PUISSANCE DE CETTE ÉNERGIE QUI RELÈVE DE LA PHYSIQUE, DOIT MODIFIER SON ENVIRONNEMENT IMMÉDIAT. POUR RÉSUMER, LE TOUR DE LA PORTE DOIT PRÉSENTER DES TRACES DE L'OUVERTURE DE CELLE-CI !

ET PUIS RESSMAN AVAIT BESOIN DE DARKHENGE, LA LOGIQUE VOUDRAIT QUE CETTE PORTE NE PUISSE S'OUVRIR QU'ENTRE DES PIERRES LEVÉES SURMONTÉES D'UNE AUTRE À L'HORIZONTALE.
POUR OBLIGER L'ÉNERGIE À NE PAS S'ÉPARPILLER, C'EST ÇA ?
ON NE PEUT RIEN VOUS CACHER...
?!

HÉ ! ON DIRAIT QU'IL Y A QUELQUE CHOSE ICI. VENEZ VOIR !!!

TIENS, TIENS, CES LIGNES SONT DE TOUTE ÉVIDENCE DE DATE RÉCENTE. REGARDEZ COMME ELLES SONT NETTES.

C'EST SÛREMENT CE QUE NOUS CHERCHONS ! REGARDEZ, CES LIGNES FONT ENTIÈREMENT LE TOUR DES TROIS FACES INTÉRIEURES... NOUS N'AVONS PAS ENCORE LA PORTE, MAIS NOUS EN AVONS LE CHAMBRANLE, SI JE PUIS DIRE. IL EST TEMPS DE PASSER AU CHAPITRE SUIVANT...
30

HÉ, VOUS AVEZ VU ?!
SI C'EST DES AMIS À CE RESSMAN, NOUS SOMMES DANS DE BEAUX DRAPS...
NON, CE N'EST PAS ÇA. MAIS SI NOUS NE LES INTERCEPTONS PAS...
?!!
QU'EST-CE QUE C'EST QUE CES ABRUTIS !!
VOILÀ, IL SUFFISAIT JUSTE DE DEMANDER.
VOUS M'ÉTONNEREZ TOUJOURS, MISS SYMONS.

RESTEZ OÙ VOUS ÊTES ! DAN, VA ME FOUILLER CE TYPE !!
ATTENDS VOIR, LESLIE, SA TÊTE ME DIT QUELQUE CHOSE...
C'EST QUE NOUS NOUS SOMMES SANS DOUTE CROISÉS NON LOIN DU BUREAU DE CE CHER GOODFIELD... DÉSOLÉ, MESSIEURS, MAIS VOUS N'ALLEZ PAS PLUS LOIN !

J'Y SUIS ! HARRY DICKSON, C'EST ÇA HEIN ? GOODFIELD NOUS A PRÉVENUS !
VOILÀ UNE BONNE MÉMOIRE QUI VA NOUS FAIRE ÉCONOMISER UN TEMPS PRÉCIEUX. VOUS ALLIEZ CHEZ UN CERTAIN RESSMAN, N'EST-CE PAS ?!
OUI. ET POURQUOI NE DEVRIONS NOUS PAS...?!

PARCE QUE CECI EST MA PARTIE DE L'ENQUÊTE ET IL NE FAUT PAS QUE VOUS METTIEZ LA PUCE À L'OREILLE À RESSMAN. ALORS VOUS ALLEZ RETOURNER AU MANOIR EN PRENANT VOTRE TEMPS ET RACONTER QU'IL N'Y AVAIT RIEN. COMMENT ÇA SE PASSE, LÀ-BAS ?!

UNE VRAIE FOURMILIÈRE EN ÉBULLITION ! ESSAYER D'ENQUÊTER DANS CES CONDITIONS EST DÉMENT !
ET, RAISON SUPÉRIEURE OU PAS, ON A VRAIMENT L'IMPRESSION DE FAIRE DE LA FIGURATION POUR VOUS SERVIR DE COUVERTURE, SI JE PUIS ME PERMETTRE.

C'EST UN PEU LE CAS, MESSIEURS. MAIS SI JE DOIS VOUS APPELER EN RENFORT, VOUS ARRIVEZ SÉANCE TENANTE, COMPRIS ?!
ENTENDU. AU FAIT, AUTANT VOUS PRÉVENIR, SIR, NOUS NE SERONS PLUS OBLIGÉS DE SUIVRE VOS ORDRES À PARTIR DE DEMAIN SOIR MINUIT...
31

ALORS, VOICI UN ORDRE VALABLE JUSQU'À CE MOMENT-LÀ : FAITES TOUT CE QUE VOUS POUVEZ POUR QU'AUCUN FOUINEUR DE LA PRESSE NE VIENNE METTRE LES PIEDS ICI.

JE NE VOUDRAIS PAS ÊTRE À LEUR PLACE... FAIRE MINE D'ENQUÊTER, ALORS QU'ON SAIT QUE TOUT SE PASSE AILLEURS ! IL FAUT ÊTRE DE LA POLICE SOVIÉTIQUE POUR APPRÉCIER CELA...
ET IL FAUT ÊTRE QUOI, POUR SUPPORTEZ VOS REMARQUES SUR LES JOURNALISTES ?!

CETTE FOIS, JE VAIS PÉNÉTRER PAR L'ARRIÈRE DE LA PROPRIÉTÉ. PUISQUE GOODFIELD ME MET LE COUTEAU SOUS LA GORGE, IL VA FALLOIR PRENDRE DES RISQUES.

ET NOUS, QU'EST-CE QU'ON FAIT, LÀ-DEDANS ? LES PIEDS DE GRUE ?
AH ZUT !

MOINS DE BRUIT, MISS SYMONS !! VOUS AVEZ UN PROBLÈME ?!
J'AI OUBLIÉ MON CARNET DANS L'AUTO... JE VAIS LE CHERCHER. CONTINUEZ, JE VOUS RATTRAPERAI !

J'ESPÈRE QU'ELLE NOUS RETROUVERA.
POUR ÇA, JE LUI FAIS CONFIANCE, TOM. AH ! VOILÀ LE MUR !

ATTENDEZ-MOI ICI, MY BOY. HEUREUSEMENT QU'ILS NE PEUVENT PAS METTRE DE CHIEN À CAUSE DE CETTE... CRÉATURE.
MY GOD !!
MAIS, QU'AVEZ-VOUS À JURER AINSI, MON...
ACH ! REGARDEZ, NOUS AVONS DES INVITÉS IMPRÉVUS... !!
ET VOUS, LE VIEUX, LÀ-HAUT, SI VOUS BOUGEZ, JE VOUS FARCIS AUX PLOMBS !
LE VIEUX ?!
JE VOUS PRIE, INUTILE DE VOUS LAISSER ALLER À DES DÉBORDEMENTS QUE NOUS POURRIONS TOUS REGRETTER, MESSIEURS, ...JE REDESCENDS...
32

SCHNELL!! LE DOCTEUR SERA RAVI DE VOUS VOIR...
NOUS NE SOMMES QUE DES JOURNALISTES UN PEU CURIEUX, N'EST-CE PAS, TOM ?!
VOUS... HEU, OUI!! C'EST... A CAUSE DE CETTE HISTOIRE DE MEURTRE AU MANOIR. ET...
MEIN GOT TAISEZ-VOUS!
BY JOVE, ET POURQUOI NOUS TAIRIONS-NOUS, ALORS QUE VOUS NOUS ENLEVEZ ?!
MOINS DE BRUIT! ALLEZ!!
BON SANG!! HEUREUSEMENT QUE JE LES AI ENTENDUS...
J'ESPÈRE QUE MISS SYMONS A TOUJOURS L'OREILLE AUSSI FINE!
COMME QUAND IL S'AGIT D'ÊTRE INDISCRÈTE?
ENTREZ-LÀ! SCHNELL!!
NOUS VOILÀ DANS DE BEAUX DRAPS... MAIS AU MOINS, ILS NE SAVENT PAS QUE JE SUIS LÀ! C'EST LE MOMENT DE MONTRER CE QUE TU VAUX, MA FILLE!!
ACH! MAIS QUI C'EST, CEUX-LÀ ?
DES RÔDEURS À L'EXTÉRIEUR. DES JOURNALISTES...
MAIS POURQUOI VOUS LES AVEZ FAITS RENTRER ?
... ET JE CROIS QUE C'EST MAINTENANT AU POINT...
EN ÊTES-VOUS BIEN SÛR, DOCTEUR? NOUS AVONS DÉJÀ UN MORT SUR LA CONSCIENCE! HÉ, MAIS QU'EST-CE QUI SE PASSE ?!
ON LES A TROUVÉS EN TRAIN D'ESSAYER D'ENTRER DANS LA PROPRIÉTÉ.
33

DES JOURNALISTES ?! SANS CARTES DE PRESSE ?! NE SERIEZ-VOUS PAS PLUTÔT DES POLICIERS ?!
EST-CE QUE CE JEUNE HOMME AVEC MOI A FRANCHEMENT L'AIR D'UN POLICIER ?! SCOTLAND YARD NE RECRUTE PAS ENCORE DANS LES COLLÈGES, À CE QUE JE SAIS, NON ?
ET ÇA RECOMMENCE !
EXCUSEZ-MOI UN INSTANT.

JE SAVAIS BIEN QUE J'AVAIS VU CETTE TÊTE QUELQUE PART... HARRY DICKSON !!

QU'Y A-T-IL ?! VOUS AVEZ L'AIR PRÉOCCUPÉ, HERR RESSMAN...
JE... CE QUI ME PRÉOCCUPE, C'EST QUE DES GENS SOIENT DÉJÀ EN TRAIN DE FOUINER ICI. CE SONT SÛREMENT DES JOURNALISTES. ILS VOUS ON DIT POURQUOI ILS SONT VENUS ?!

CE MONSIEUR JOHN STEED ET SON JEUNE STAGIAIRE TOM PEEL, COMME ILS DISENT SE NOMMER, SERAIENT VENUS LÀ PAR HASARD APRÈS ÊTRE ALLÉS VISITER LES RUINES. ILS NE VOULAIENT QUE JETER UN COUP D'OEIL DU HAUT DU MUR, À CE QU'ILS DISENT.

PEU IMPORTE. MAINTENANT ILS SONT LÀ !! QUE COMPTEZ-VOUS FAIRE D'EUX ?!

PREMIÈRE CHOSE, ÉLOIGNER LE PLUS POSSIBLE CE TAS DE FERAILLE CAR ILS VONT SÛREMENT LE CHERCHER...

JE VAIS ENVOYER DES GARDES CHERCHER LA VOITURE AVEC LAQUELLE ILS SONT VENUS. ENFERMONS-LES, LE TEMPS QUE JE FASSE MON NOUVEAU TEST SUR WOLF. APRÈS, NOUS VERRONS COMMENT NOUS EN DÉBARRASSER...
JE N'AIME GUÈRE CE GENRE DE MÉTHODE ! ET SI ON LES CHERCHE ICI ?!

JE DOUTE QU'ILS AIENT DIT OÙ ILS ALLAIENT. LE FERIEZ-VOUS, SI VOUS ÉTIEZ EN TRAIN D'ENQUÊTER AU MILIEU DE VOS CONFRÈRES ?
34

C'EST EN RAISON DE CETTE DISCRÉTION QUE NOUS SOMMES VENUS À VÉLO. ET JE NE VOUS DIRAI PAS OÙ ILS SONT, CROYEZ-LE BIEN...
NE JOUEZ PAS AVEC MOI, HERR STEED!

JÉSUS-CHRIST! POURVU QUE TANIA AIT PENSÉ À...
ALLEZ, AVANCEZ!!

ALORS QUE TANIA EST SUR LE CHEMIN DU RETOUR...
AÏE, AÏE!! TOUS AUX ABRIS!

ACH, MAIS OÙ ONT-ILS DONC CACHÉ LEUR MAUDITE AUTO?! JE VAIS FINIR PAR CROIRE CETTE HISTOIRE DE VÉLO...

TU AS RAISON, ON RENTRE!!

FICHUES ROUTES DE CAMPAGNE!
FINALEMENT, ON DIRAIT QUE CETTE IDÉE DE PLANQUER L'AUTO DANS LES RUINES, N'ÉTAIT PAS MAUVAISE...

PENDANT CE TEMPS...
CETTE FOIS, NOUS SOMMES DANS LE PÉTRIN.
QUI SAIT? MY BOY. JE TROUVE QU'IL SE PASSE DES CHOSES BIZARRES, ICI...

DÉJÀ L'HEURE DE L'EXÉCUTION?
VOUS N'ÊTES PAS EN POSITION DE FAIRE LE MALIN, HERR STEED! IL SE TROUVE SIMPLEMENT QUE HERR RESSMAN PENSE QU'IL EST BON QUE VOUS ASSISTIEZ AU TRIOMPHE DE LA NOUVELLE SCIENCE ALLEMANDE AVANT DE MOURIR!
QUELLE ÉTRANGE SOLLICITUDE, DE LA PART DE RESSMAN!

QUELLE POISSE QU'ON NE PUISSE PAS AVOIR DE CHIEN.
ACH, DEPUIS QUE J'AI VU CETTE... CHOSE, J'AIME AUTANT M'EN PASSER.

SI HARRY DICKSON VOULAIT PASSER PAR LÀ, AUTANT REPRENDRE LE MÊME CHEMIN...

QU'EST-CE QUE ?!
POC

IL A RÉUSSI À SE DÉBARRASSER DE SON REVOLVER... AUTANT DE TALENT QUE DE MAUVAIS CARACTÈRE !

VITE ! CE JOUJOU VA ME FACILITER LES CHOSES.

OH !! JE N'AIME PAS ÇA DU TOUT...

HÉ, REGARDEZ TOUS CES APPAREILS... ET CE CHIEN, QU'EST-CE QU'IL FAIT LÀ ?
PAS UN CHIEN, MAIS UN LOUP... BY JOVE JE CROIS QUE J'AI ENFIN COMPRIS, MY BOY.

VOUS ÊTES VRAIMENT SÛR DE VOUS, STREICHER ?!
ABSOLUMENT ! CESSEZ D'AVOIR DES ÉTATS D'ÂME !!
36

VOILÀ. TOUT EST PRÊT. IL EST BIEN ATTACHÉ !
MIEUX QUE LA DERNIÈRE FOIS, EN TOUT CAS...
TOM, SUR CETTE TABLE, C'EST L'ASSASSIN DE JOAN LOWELL QUE VOUS VOYEZ.
UN LOUP ?! VOUS AVEZ DÉJÀ VU UN LOUP MONTER AUX MURS ET...
CHUT !
ALLONS-Y !
LE RETOUR DU DOCTEUR FRANKENSTEIN, MY BOY...
VOUS TROUVEZ QUE C'EST LE MOMENT DE PLAISANTER ?!
CLIC
TWIIIIII
TWIIIIIIIIIII
HERR HITLER, VOICI VOTRE CRÉATURE !!
QUE DIEU NOUS GARDE !
AU MÊME MOMENT.
IL FAUT QUE JE TROUVE UN MOYEN D'ENTRER LÀ-DEDANS...
RAAOOAR
QU'EST-CE QUE... ?!
TOM ! MISTER DICKSON !!

VOUS COMPRENEZ CE QUE JE VOUS DISAIS, TOM ?!
COMME UN LOUP-GAROU ?! JE...
JE SAVAIS QUE ÇA RECOMMENCERAIT...
CRAAC
PLUS LE TEMPS DE FAIRE DANS LA FINESSE !
MEIN GOTT !! JE NE M'Y FERAI JAMAIS.
BRA BRAM BRAM
VRRAAARR
?!
KRASH
PSHIIII
RESTE OÙ TU ES, ESCLAVE ! TU DOIS M'OBÉIR ! JE SUIS TON MAÎTRE !
CETTE FOIS C'EN EST TROP ! CROWLEY SE DÉBROUILLERA AVEC SES AMIS !
38

DE VOTRE
DICKSON ! IL EST
D'ARRÊTER CE QUE J'AI STUPI-
DEMENT MIS EN BRANLE...
ALORS, VOUS SAVIEZ ?!
ET VOUS N'AVEZ RIEN DIT ?

JE VOULAIS GARDER UNE CARTE EN MAIN CONTRE CET IMBÉCILE DE DOCTEUR.
ATTENTION TOM, IL EST RAPIDE. NE LE QUITTEZ PAS DES YEUX !!

PAR ICI, SALE BÊTE !!

BLAM

RAAAAAAAAAAA
TCHOF

DANS LE MILLE !!
AU CAMION ! CE N'EST PAS ÇA QUI VA L'ARRÊTER !

COMMENT ÇA ? IL A PRIS LE COUP EN PLEINE...
BY JOVE, TOM, JE VOUS AI DIT QUE C'EST UNE SORTE DE LOUP-GAROU ! IL AURAIT FALLU DES BALLES D'ARGENT ! COUREZ, AU LIEU DE DIRE DES BÊTISES !

HAAAA

AU VOLANT, MISS SYMONS ! JE MONTE AVEC VOUS. LES AUTRES, À L'ARRIÈRE ÇA VAUT POUR VOUS, DOCTEUR !!

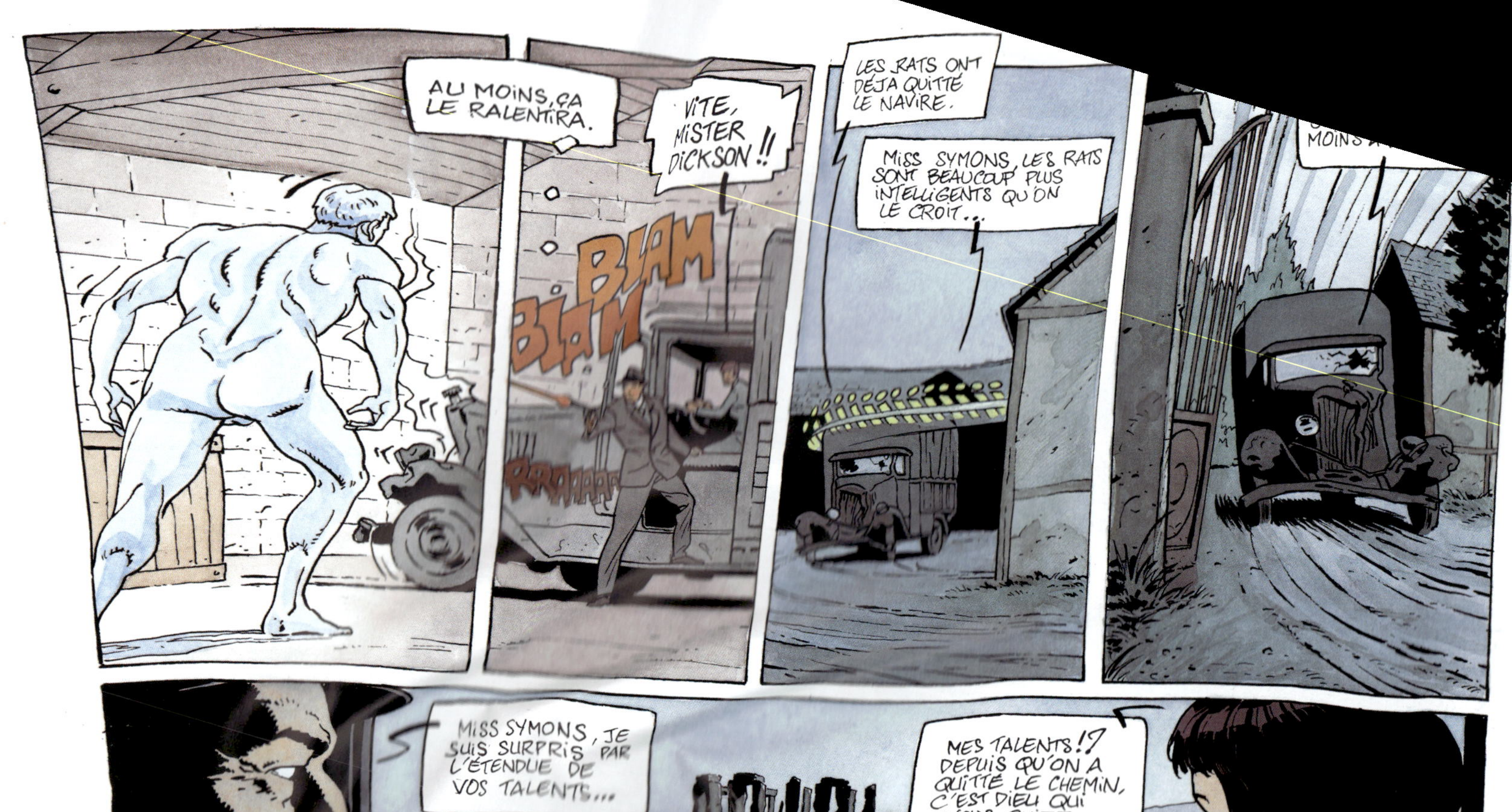
AU MOINS, ÇA LE RALENTIRA.
VITE, MISTER DICKSON !!
BIAM
BIAM
LES RATS ONT DÉJÀ QUITTÉ LE NAVIRE.
MISS SYMONS, LES RATS SONT BEAUCOUP PLUS INTELLIGENTS QU'ON LE CROIT...
MISS SYMONS, JE SUIS SURPRIS PAR L'ÉTENDUE DE VOS TALENTS...
MES TALENTS !? DEPUIS QU'ON A QUITTÉ LE CHEMIN, C'EST DIEU QUI NOUS GUIDE, PAS MOI !!!

IL NOUS SUIT !!??
JE L'AI VU SE METTRE À COURIR ! IL SERA VITE LÀ ! IL NOUS EN VEUT !
ELLE A DE QUOI, NON ?!

RESSMAN, VOUS ALLEZ ROUVRIR CETTE PORTE TOUT DE SUITE... C'EST LE SEUL MOYEN DE NOUS DÉBARRASSER DE CETTE ABOMINATION...
ACH, MAIS C'EST IMPOSSIBLE ! ELLE NE S'OUVRE QU'AUX SOLSTICES.

AH OUI ? ALORS, POURQUOI LA PIERRE PORTE-T-ELLE DÉJÀ TROIS MARQUES D'OUVERTURE ? BY JOVE, NOUS N'AVONS QUE QUELQUES MINUTES, RESSMAN ! ON VERRA PLUS TARD, POUR VOS CACHOTTERIES !
40

VOUS N'ÊTES QU'UN TRAÎTRE! SALE COMMUNISTE !!
LÂCHEZ-MOI!

ARRÊTEZ! RESSMAN, LA CRÉATURE VA ÊTRE LÀ DANS UN INSTANT. COUREZ ACTIVER CETTE FICHUE PORTE AVANT QU'IL NE SOIT TROP TARD!
JE... D'ACCORD. JE VAIS ESSAYER DE ME SOUVENIR DE L'INCANTATION...

VOUS ALLEZ VRAIMENT POUVOIR L'OUVRIR SI VITE?
IL Y A UNE FORMULE À PRONONCER EN SE METTANT EXACTEMENT DEVANT LE DOLMEN. MAIS POURQUOI VEUT-IL QUE..?!

BY JOVE, OÙ SE CACHE-T-IL? JE SUIS SÛR QU'IL EST TOUT PRÈS...
MEIN GÖTT, HERR HITLER VA ÊTRE FOU DE RAGE!

ATTENTION, IL EST LÀ ! SUR LE CAMION !!
ECARTEZ-VOUS, MY BOY!
MEIN GOTT!

RRAAAAAAAAAAA
BLAM

VOM

VITE! À LA PORTE! COUREZ, TOM !!
RRRRAAA
CRAC
41

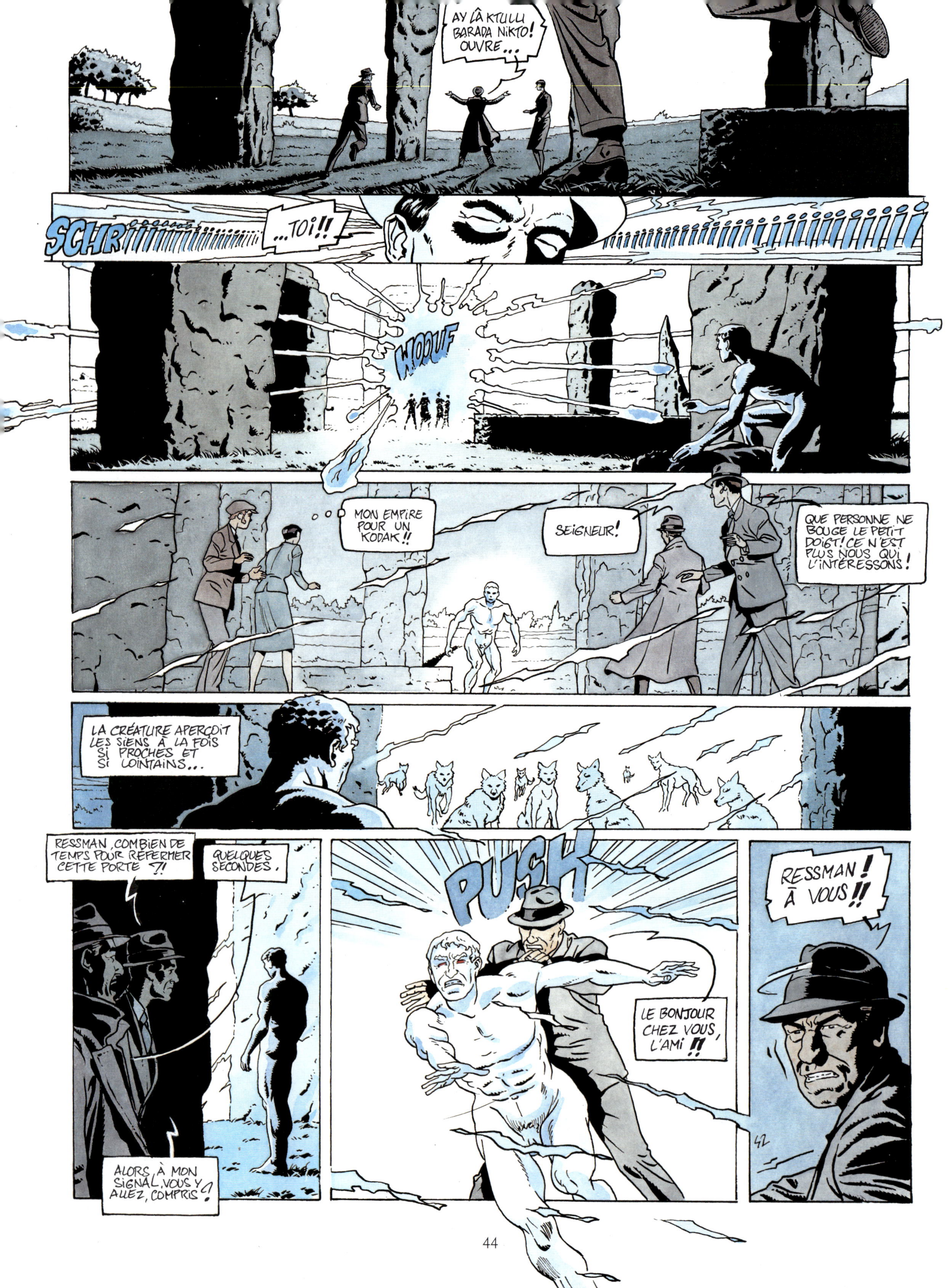
AY LÂ KTULLU BARADA NIKTO! OUVRE...
SCHRIIIIIIIIIIIIIIIIIIIIIIIIIIIIII
...TOI!!
WOOUF
MON EMPIRE POUR UN KODAK!!
SEIGNEUR!
QUE PERSONNE NE BOUGE LE PETIT DOIGT! CE N'EST PLUS NOUS QUI L'INTÉRESSONS!
LA CRÉATURE APERÇOIT LES SIENS À LA FOIS SI PROCHES ET SI LOINTAINS...
RESSMAN, COMBIEN DE TEMPS POUR REFERMER CETTE PORTE ?!
QUELQUES SECONDES.
ALORS À MON SIGNAL, VOUS Y ALLEZ, COMPRIS ?
PUSH
LE BONJOUR CHEZ VOUS, L'AMI!!
RESSMAN! À VOUS!!

C'EST... FINI !!
VOUS CROYEZ QUE CETTE CRÉATURE NE SE SERAIT PAS DÉCIDÉE TOUTE SEULE À RENTRER CHEZ ELLE, MISTER DICKSON ?!
L'INDÉCISION EXISTE PARTOUT, MÊME CHEZ LES LOUPS-GAROUS. ALORS, PAS DE RISQUES INUTILES.

LES LOUPS-GAROUS ?!
MISS SYMONS, À L'ÉTAT... NORMAL, CETTE CRÉATURE EST COMME CELLES QUE NOUS AVONS ENTRAPERÇUES PAR LA PORTE. UNE SORTE DE LOUP, QUI NE DEVIENT UN MONSTRE QUE LORSQU'ELLE PREND FORME HUMAINE...

COMMENT AI-JE PU...
J'AI EU DES DOUTES DÈS LE DÉPART LORSQUE J'AI COMPRIS QUE L'AGRESSEUR ÉTAIT TROP LÉGER POUR ÊTRE UN HOMME ET QU'IL TERRORISAIT LES ANIMAUX RIEN QUE PAR SON ODEUR DE FAUVE. VOUS COMPRENEZ, LES HISTOIRES DE LOUP-GAROUS HABITUELLES NE TIENNENT PAS DEBOUT...

...PARCE QU'UN HOMME DE, DISONS 80 KG, NE PEUT PAS SE TRANSFORMER EN UNE BÊTE MOITIÉ MOINS LOURDE ! MAIS LÀ, LA LOGIQUE ÉTAIT RESPECTÉE ! LA CRÉATURE NE PESAIT PAS PLUS QUE SOUS SA FORME ANIMALE !

LA LOGIQUE, DANS UNE HISTOIRE DE LYCANTHROPE À REBOURS, ON AURA TOUT ENTENDU... VOUS ALLEZ RACONTER ÇA À LA POLICE ET À LA PRESSE ?!
CERTAINEMENT PAS !! NOUS ALLONS LEUR LIVRER UN AUTRE MEURTRIER ET JE VERRAI AVEC GOODFIELD POUR QUE LE DOSSIER SOIT CLOS.

VOUS VOULEZ DIRE QUE C'EST CE FICHU MANIAQUE QUI... ?
J'AI PEUR QUE NOUS N'AYONS PERSONNE D'AUTRE À PROPOSER ! ET PUIS, NOUS AVONS LA CHANCE QUE LA CRÉATURE NE L'AIT PAS DÉCHIQUETÉ...
ET COMMENT AURAIT-IL FAIT POUR GRIMPER AUX MURS ?!

CORDE, CROCHETS, ON VERRA ÇA AVEC GOODFIELD... VOUS AVEZ DÉJÀ VU UNE POLICE QUI NE SAIT PAS MAQUILLER DES INDICES ? BONNE IDÉE D'AVOIR CACHÉ LA VOITURE, MISS SYMONS !
43

AU PETIT MATIN...
JE NE VAIS PLUS POUVOIR RESTER ICI...
CELA AURAIT PU ÊTRE PIRE. MAINTENANT QUE NOUS AVONS DÉMONTÉ LA CAGE ET MIS DES TRACES D'ÉLECTRODES SUR LE CRÂNE DU DOCTEUR, VOUS N'ÊTES PLUS COMPLICE DE MEURTRE.

MISTER DICKSON!! ALORS, VOUS ENQUÊTIEZ AUSSI SUR CE MEURTRE!
IL FAUT BIEN AIDER LA POLICE... LA CURIOSITÉ SCIENTIFIQUE DE MONSIEUR RESSMAN A ÉTÉ ABUSÉE PAR UN DÉMENT DEVENU UN FOU SANGUINAIRE APRÈS AVOIR TESTÉ SUR LUI-MÊME SON APPAREILLAGE... C'EST LUI QUI A TUÉ JOAN LOWELL.

ÉCARTEZ-VOUS!! MISTER DICKSON, JE VOUS RAMÈNE À LONDRES!!
GOODFIELD!! D'ACCORD, MAIS AVANT, NOUS PASSERONS CHEZ DOWDING. IL MÉRITE QUELQUES EXPLICATIONS...

HÉ!! C'EST VOUS RESSMAN?
BON COURAGE... ET NE VOUS INQUIÉTEZ PAS POUR VOTRE SERVITEUR. IL A SÛREMENT FILÉ COMME LES ALLEMANDS ET JE DOUTE QU'IL RACONTE CE QU'IL A VU ICI...

DICKSON, SI JE NE VOUS CONNAISSAIS PAS, JE VOUS ENVERRAIS REJOINDRE LE DR. HOPKINS! DES LOUPS-GAROUS VENUS D'AILLEURS POUR ÊTRE EMBRIGADÉS PAR CE MANIAQUE RACISTE DE HITLER! ET EN PLUS, JE DOIS LAISSER REPARTIR TOUS LES COMPLICES POUR QU'IL N'Y AIT PAS DE VAGUES! C'EST DU DÉLIRE!
NON, LA SINISTRE RÉALITÉ. ET PUIS, JE TROUVE QU'IL Y A UNE LEÇON À TIRER DE TOUT ÇA...
AH OUI, ET LAQUELLE ?!
QUE CES LOUPS QUI NOUS TERRORISENT, ET D'OÙ QU'ILS SOIENT, ONT EN FAIT INTÉRÊT À SE MÉFIER DE L'HOMME QUI SOMMEILLE EN EUX...
AU MÊME MOMENT, À MUNICH...
PAR TOUS LES DIEUX ANCIENS, JE FINIRAI BIEN PAR PRENDRE LE POUVOIR ET CE JOUR-LÀ JE ME VENGERAI DE CES DÉGÉNÉRÉS!
FIN
DESSINS ROMAN 2000

Soleil productions Le Grand Hôtel, Place de la liberté - 83000 Toulon
Tél : 04 94 185 185 - Fax : 04 94 62 30 21
Dépôt légal Mars 2001 - ISBN 2 - 84565 - 036 - 1

Conception graphique : Catherine Fellmann pour Soleil
Photogravure : Quadriscan - 04 Oraison
Produced in the E.C.
by *Partenaires - Livres* © on SCA paper

LE SHERLO